Petra Schwarzkopf

Detektei Anton – Bombenstimmung

Für meinen Ehemann, auf den ich nicht nur bei meinen Fragen zum Strafrecht bauen kann. Und für unsere schöne Wahlheimatstadt Sinzig. Möge die Erinnerung an vergangene Verbrechen uns Bürger und Bürgerinnen davon abhalten, dieselben heute oder in der Zukunft zu wiederholen.

PETRA SCHWARZKOPF
DETEKTEI ANTON
3
Bombenstimmung

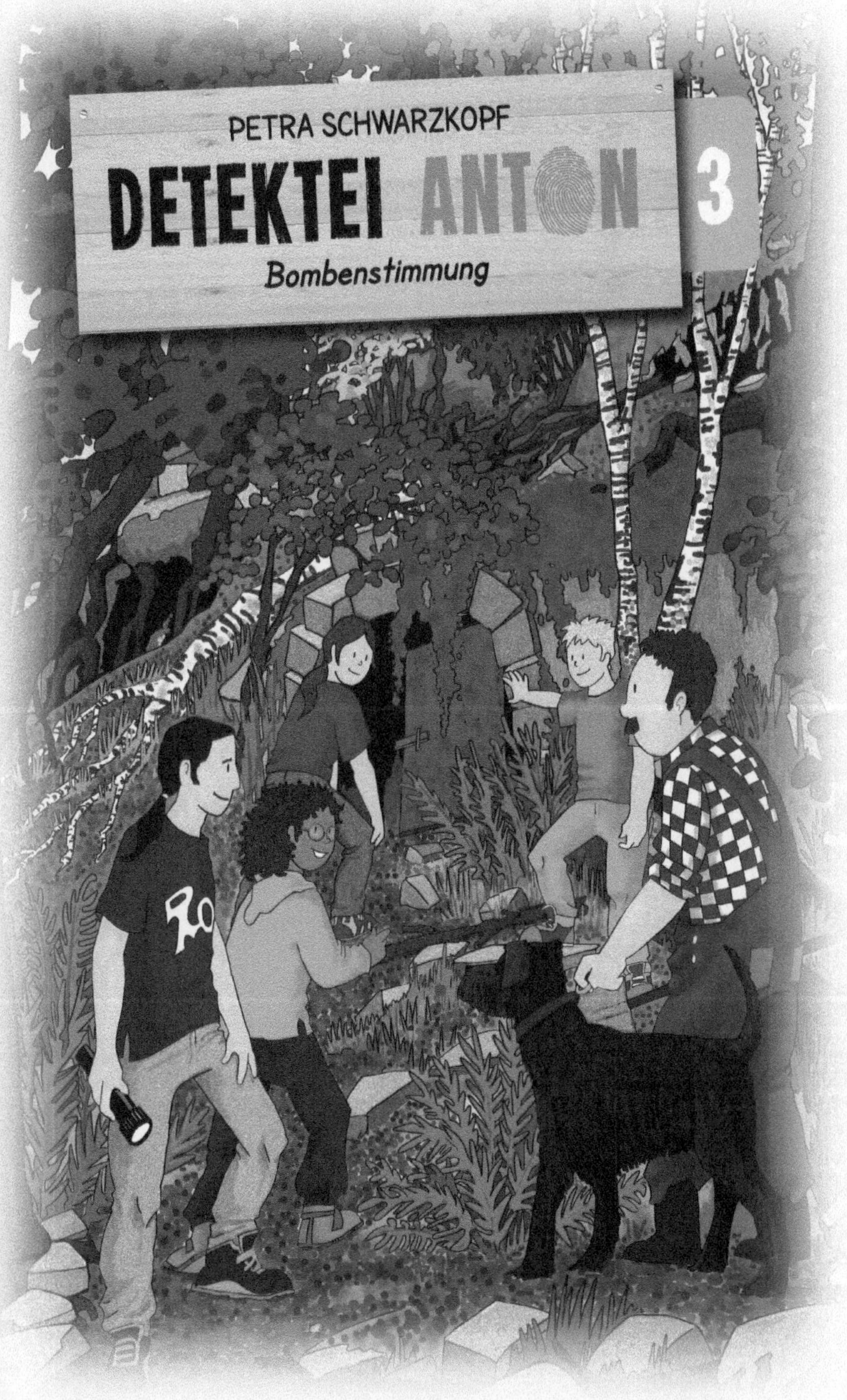

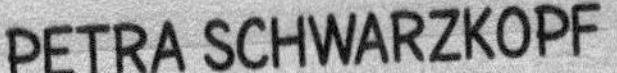

Petra Schwarzkopf
Detektei Anton – Bombenstimmung

Best.-Nr. 271 766
ISBN 978-3-86353-766-1
Christliche Verlagsgesellschaft Dillenburg

1. Auflage

www.cv-dillenburg.de

Satz und Umschlaggestaltung:
Christliche Verlagsgesellschaft Dillenburg
Bildquellen: © Saskia Klingelhöfer (Covermotiv)
© freepik.com (Holzschild, Bilderrahmen, Kalender, Foto),
freepik/macrovector (Fingerabdruck, Kopf, Tasche, zerrissenes Papier),
freepik/rawpixel.com (Pfeil), freepik/Harryarts (Uhr, Vögel),
freepik/rocketpixel (Linien), freepik/kstudio (Schleife)

Druck: GGP Media GmbH, Pößneck
Printed in Germany

1. Fundsache 15
2. Schulbeginn 24
3. Cesare Lombroso 34
4. Lasse 45
5. Ein unscheinbares Kästchen 56
6. Deine Martha 71
7. Judengasse 81
8. Lieber Leopold 89
9. Schuld und Sühne 104
10. Die Stolpersteine-AG 114
11. Immer dieser Werner 126
12. Bombenstimmung 137
13. Happy End für Ruth 148
14. Der Besuch bei der alten Dame 157
15. Alles umsonst 166
16. Sonntagabend 175
17. Im Stadtrat 182
Nachwort 189
Glossar 193

… ist der Onkel von Silas und Rahel und speziell begabt. Er hat ein partiell fotografisches Gedächtnis, kennt sich mit Pflanzen und Pilzen aus und ist brutal ehrlich. Außerdem besitzt Anton einen Schwerbehindertenausweis, aber eigentlich ist er nur schwer in Ordnung.

Alter:
Das kommt darauf an:
40 Jahre von außen, 8 Jahre von innen

Haarfarbe:
schwarz

Beruf:
Gärtnergehilfe
bei den Caritas-Werkstätten

Hobbys:
Borussia Dortmund,
Holz hacken, sägen und verkaufen und sein Mini-Auto, den Ellenator, fahren

Beste Freunde:
Hund Caruso
und ein paar Kumpels aus der Werkstatt

… ist die kleine Schwester von Silas und hat einen feinen Sinn für Details. Obwohl sie ihre Umwelt besonders aufmerksam wahrnimmt, bekommt sie vom Unterricht in der Schule manchmal nichts mit. Sie fürchtet sich vor Langeweile und möchte niemals so verrückt werden wie die anderen Mitglieder ihrer Familie.

Alter:
13 Jahre

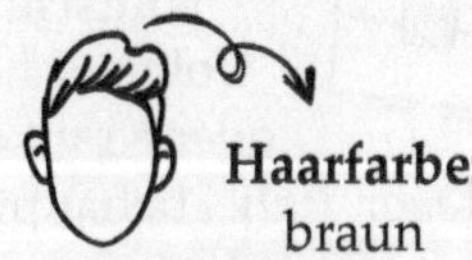

Haarfarbe:
braun

Berufswunsch:
Polizistin

Hobbys:
Kunst- und Turmspringen, Schwimmen, Nervenkitzel

Beste Freundin:
Sophia Mombauer

… ist der große Bruder von Rahel und nur etwas zu klein für sein Gewicht. Er hat Angst, dass er für immer ein paar Zentimeter kleiner bleibt als seine Schwester. Seine Haarfarbe nennt er erdbeerblond, und er trägt seine Sommersprossen mit Stolz.

Alter:
14 Jahre

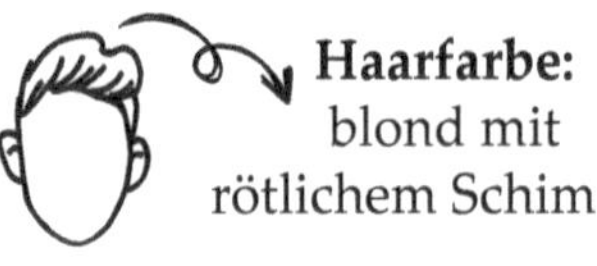

Haarfarbe:
blond mit rötlichem Schimmer

Berufswunsch:
Dolmetscher oder Krankenpfleger, Rahel behauptet: Pastor oder Lehrer

Hobbys:
Fremdsprachen, Erste Hilfe, Fast Food und möglichst wenig Sport, außerdem Klarinette spielen

Bester Freund:
Ronny Till

… ist der Freund und Klassenkamerad von Silas. Er lebt allein mit seiner Mutter, trägt seine Haare lang und hat eine feste Zahnspange. Ronny ernährt sich gerne von Fast Food und liebt T-Shirts mit coolen Sprüchen. Er versucht ständig, Geld zu verdienen, vielleicht, weil er nicht gerade viel davon hat.

Alter:
15 Jahre

Haarfarbe:
schwarz

Berufswunsch:
reicher Informatiker

Hobbys:
Computer und Sport

Bester Freund:
Silas Schmickler

… ist die beste Freundin von Rahel Schmickler, aber im Gegensatz zu ihr schafft sie es, auch im größten Dreck immer sauber zu bleiben. Sophia nennt ihre Mutter *Maman,* denn sie stammt aus Burundi, und da spricht man offiziell Französisch.

Alter:
13 Jahre

Haarfarbe:
so dunkelbraun, dass man es für schwarz halten könnte, wenn man kein Friseur ist

Berufswunsch:
keine Ahnung, aber auf keinen Fall Chemikerin!

Hobbys:
Zeit mit den anderen Detektiven verbringen, Ballett, afrikanisch kochen und bunte Kleider nähen

Beste Freundin:
Rahel Schmickler

… ist Onkel Antons Riesenschnauzer und kann wunderschön jaulen, wenn er jemanden singen hört. Leider klingt er nicht ganz so gut wie sein Namensvetter, der italienische Tenor Enrico Caruso (der ziemlich genau vor 100 Jahren starb).

Alter:
4 Jahre

Fellfarbe:
schwarz

Beruf:
Schutz- und Führhund, Suchtmittelspürhund

Hobbys:
nach Fressbarem suchen, im Wald herumstromern und Fangen spielen

Beste Freunde:
Onkel Anton und Opa Peter

Lieblingsfeinde:
Katzen, egal, welche

1. MAI 1942

Egal, wie weit Leopold die Augen auch aufriss, es blieb dunkel um ihn herum. Schweiß lief ihm von der Stirn in die Augen und über das Gesicht. Mit zitternden Fingern tastete der Junge nach den steinigen Wänden und schob sich Stück für Stück vorwärts. Es war totenstill, die Dunkelheit wie in Watte gepackt. Kein Laut drang hier herunter in die Tiefe. Er hörte weder seinen schnellen Atem noch die eigenen Schritte auf dem Lehmboden. Nur sein Puls dröhnte in den Ohren, wie die Füße der Soldaten auf dem Kopfsteinpflaster. Nein, nicht ganz so. Sein Herz raste und stolperte von einem Schlag zum nächsten. Die Soldaten aber marschierten immer im Gleichschritt. Egal, was geschah. Nichts schien sie jemals aus dem Takt zu bringen.

Müde schloss Leopold die brennenden Augen. Trotzdem verschwanden die Uniformen nicht. Sie wohnten in seinem Kopf, und er trug sie mit sich. Immer waren sie da, bei Tag und bei Nacht. Nirgendwo hatte er Ruhe, nicht einmal hier unten im Schoß der Erde, im Keller unter dem Keller!

Der Junge hielt die Luft an, um sein Herz zu beruhigen. Tatsächlich verlangsamte sich der Schlag nach einigen Sekunden. Leopold schob sich vorwärts, die trockenen, aufgesprungenen Lippen fest aufeinandergepresst. Doch irgendwann musste er weiteratmen. Seine Lungen hielten sich nicht lange an den Befehl, den Dienst einzustellen. Sie forderten ihr Recht, und gierig wie ein Ertrinkender schnappte der Junge nach der kühlen, feuchten Luft. Sein Brustkorb weitete sich und sog alles auf, was er kriegen konnte, egal, ob der Nase der modrige Geruch gefiel oder nicht. War der eigentlich immer schon da gewesen? Als sie noch hier gespielt hatten? Wie lange war das her? Es musste eine Ewigkeit sein!

Als Leopold endlich an der Ecke angelangt war, in der Onkel Cohns Flaschen standen, wurde ihm schwindelig. Seine Beine gaben nach. Mit dem Rücken an der Wand ließ er sich langsam zu Boden gleiten. Die feuchten Hände des Jungen griffen nach dem Lehm. Er war kühl, aber trocken. Leopold stöhnte auf und wischte sich den Schweiß vom Gesicht. Hatte er es geschafft? War er endlich in Sicherheit oder nur lebendig begraben?

FUNDSACHE

„D... Das E... E... Erdbeben heute N... Nacht war ganz schön heftig, Papa!", erzählte Anton Schmickler seinem Vater Peter, der zügig an seiner Seite durch den Wald schritt.

Onkel Antons schwarzer Riesenschnauzer Caruso lief ohne Leine vor den beiden Männern her. Er hörte aufs Wort, und der Wald, in dem sie unterwegs waren, gehörte der Familie Schmickler. Ab und zu blieb der Hund sogar stehen und schaute, ob sein Herrchen ihm auch wirklich folgte.

„Ich weiß, Anton, ich war dabei", sagte Peter Schmickler ungefähr zum zehnten Mal heute. „Deswegen sind wir hier, um überall nach dem Rechten zu sehen."

Er liebte seinen jüngsten Sohn, auch wenn seine Geduld mit ihm so manches Mal auf die Probe gestellt wurde. Denn Anton sah nur von außen wie ein Vierzigjähriger aus. In dem erwachsenen Körper steckte immer noch ein achtjähriges Kind. Aber eines mit sehr viel Lebenserfahrung.

„Ge... Genau! B... Besonders am Hang", bestätigte Onkel Anton. „G... Ganz schön heftig war das ... ", murmelte er vor sich hin.

Opa Schmickler seufzte. Auch den sogenannten Sonnenhang hatte sein Sohn schon öfter erwähnt. Er lag am Rand des Familienwaldes, den Peter Schmickler von seinen Eltern geerbt hatte.

Kleinere Erdbeben sind in der Eifel nicht ungewöhnlich, denn die Region ist vom Vulkanismus geprägt, und Anton wusste das von klein auf. Überall fand man stumme Zeugen dieser Epoche. Selbst der größte See in Rheinland-Pfalz verdankte seine Existenz einem gewaltigen Vulkanausbruch vor einigen Tausend Jahren. Das hatte Anton in seiner Förderschule gelernt. Er hatte damals wochenlang schlecht geschlafen, weil sein Lehrer erzählt hatte, dass unter dem Laacher See immer noch eine riesige Magmakammer sei und ein neuer Ausbruch bevorstehen würde. Allerdings erst in mehreren Tausend Jahren. Doch für Anton waren tausend Jahre dasselbe wie ein Tag, und jedes Erdbeben beunruhigte ihn. Besonders ein so starkes wie das in der letzten Nacht.

„G... Ganz schön heftig!", wiederholte Onkel Anton, um dann etwas Neues hinzuzufügen. „A... Aber unser Bus steht noch!"

„Ja, Anton!"

Anton Schmickler sprach von dem alten Caritas-Bus, den Opa nach dem Tod seiner Frau gekauft und für seine Enkel im Wald aufgestellt hatte. Silas und Rahel Schmickler trafen sich dort regelmäßig mit ihren Freunden Ronny Till und Sophia Mombauer. Sie nutzten das Auto als Hauptquartier für ihre Detektei, zu der auch ihr Onkel Anton samt Hund gehörte.

„Und meinen Bienen geht es gut. Die Stöcke stehen noch, und die Völker waren ruhig", ergänzte Peter Schmickler. „Hoffentlich ist mit dem ehemaligen Weinberg auch alles in Ordnung."

Die beiden Männer waren mittlerweile fast am Sonnenhang angekommen. Er hieß so, weil er den ganzen Tag in der

Sonne lag, was optimal für die Rebstöcke gewesen war, als es dort noch welche gab. Noch heute konnte man die alte Terrassierung des früheren Weinbaus erkennen, und es standen auch noch ein paar von den Trockenmauern, auf denen sich bei gutem Wetter die Eidechsen sonnten. Antons Vater trat unter den Bäumen hervor und blieb stehen. Er musste seine Augen nicht lange umherschweifen lassen. Auch sein Sohn hatte die Lage mit einem Blick erfasst.

„Ach, du Kacke!", sagte er. Bei solchen Ausdrücken stotterte er seltsamerweise nie.

Ein winziges Stück des alten Weinberges war abgerutscht. Ein winziges Stück Weinberg bedeutete allerdings immer noch ziemlich viel Erde. Einige Mauern waren eingestürzt, andere standen schief. Und direkt vor ihnen war der Fußweg auf einer Länge von etwa hundert Metern mit Steinen und Erde verschüttet. Antons Vater seufzte noch einmal, aber diesmal, weil er an die Aufräumarbeiten dachte, die ihm bevorstanden. Na ja, sicher würde die Detektei Anton mit anfassen, aber ganz ohne Maschinen würde man hier kaum zurechtkommen.

„D... Da ham wir was zu tun!", brachte Onkel Anton es auf den Punkt.

Opa Schmickler nickte. Er blieb am Waldrand stehen, um das Ausmaß des Schadens abzuschätzen, während sein Sohn bereits zielstrebig auf den Hang zuging. Der arme Sonnenhang sah aus wie ein Riesenzahn mit Karies. Der Erdrutsch hatte ein hässliches, braunes Loch in der Wand hinterlassen. Vereinzelt lagen ein paar Büsche und kleinere Bäume übereinander. Anton begann, den Hang hinaufzusteigen. Nachdem er ihn zur Hälfte erklommen hatte, blieb er plötzlich stehen.

„D... Da is was!", rief Onkel Anton aufgeregt.

Caruso lief ihm vor die Füße. Er winselte und bellte.

„Was denn?!", fragte Peter Schmickler und setzte sich in Bewegung, um Anton zu folgen.

„Ei... Ein Eingang!“, antwortete sein Sohn.

Er wartete, bis sein Vater ihn erreicht hatte, und rührte sich nicht vom Fleck.

„Tatsächlich“, stellte Opa Schmickler fest. „Das gibt es doch nicht! Das ist aus Beton.“

„W... Was is das, Papa?“, fragte Onkel Anton.

„Wenn mich nicht alles täuscht, ist das ein alter Weltkriegsbunker, und er ist gar nicht mal so klein.“

Von unten war die freigelegte Betonwand nicht zu sehen gewesen, weil sie hinter den umgestürzten Bäumen verschwand. Aber nun, wenn man direkt davor stand, konnte man sogar durch den Eingang hineinsehen. Die fensterlose Wand war etwa sieben Meter lang. Natürlich guckte sie nicht ganz aus dem Berg, sondern nur zum Teil. Die Türöffnung war fast zur Hälfte frei, dann verschwand nach links immer mehr von der Wand im Erdreich.

„Is... Is der groß, der Bunker?“, fragte Onkel Anton.

Doch sein Vater antwortete nicht sofort. Er stützte sich mit der linken Hand an der Türzarge ab und beugte sich gerade vorsichtig in den Eingang hinein.

„W... Wie groß ist der denn?“, bohrte Anton noch einmal nach. Diesmal klang er fast etwas ungeduldig. Opa Peter drehte sich zu ihm um.

„Ich glaube, es sind zwei Räume“, sagte er, „jeder etwa so groß wie unsere Küche.“

„Wo... Wozu braucht man den Bunker hier?“, schob Anton die nächste Frage hinterher.

Sein Vater rieb sich die Hände mit einem Taschentuch ab, obwohl sie nicht besonders erdig waren.

„Heute braucht man den nicht mehr“, antwortete er. „Gott sei Dank. Aber im Krieg schon.“

„Im Zweiten Weltkrieg?“

„Ja, genau.“

Nachdenklich sah Peter Schmickler auf die Überreste des letzten großen Krieges. Erstaunlich stabil ragten sie ebenso stumm und stur wie alte Vulkane aus dem Erdreich. Was diese Mauern wohl erzählen würden, wenn sie reden könnten? Dann nahm er seine kleine Stabtaschenlampe aus der grünen Arbeitshose mit den vielen Taschen und leuchtete in den nur noch halb verschütteten Raum.

„Wow!", sagte er, doch sein Sohn hörte es nicht mehr.

Anton hatte das Interesse bereits verloren. Er mochte keine Höhlen und hatte kein Verlangen, in den Bunker hineinzusehen, geschweige denn, hineinzugehen. Er drehte sich um und trat auf die abgerutschte Erde. Sofort gab sie nach, und sein Fuß rutschte ein Stück den Hang hinunter. Er konnte sich aber noch fangen und trat eilig auf den festen Boden zurück. Doch da, wo gerade noch sein Fuß gestanden hatte, war jetzt ein seltsamer Gegenstand zu sehen, der auch Caruso anlockte. Ein Stück Metall ragte etwa zehn Zentimeter in die Luft. Anton bückte sich neugierig, guckte es sich von allen Seiten genau an und streckte dann langsam die Hand danach aus. Caruso reckte die Nase in die gleiche Richtung. Er winselte wieder und tänzelte mit den Vorderpfoten auf der Stelle, als wolle er gleich auf die lose Erde springen und das Ding apportieren. Plötzlich hörte Anton seinen Vater rufen.

„Halt!", befahl Opa Peter laut und deutlich. Caruso stand sofort still. „Nicht bewegen, Anton! Und nicht anfassen! Um Himmels willen! Nicht die Lage von dem Ding verändern!!!"

Rasch kam Herr Schmickler hinter den Zweigen hervor und rief seinen Hund zurück.

„Komm, Caruso! Hierher!"

Der schwarze Riesenschnauzer gehorchte aufs Wort. Auch Anton zog erschrocken die Hand zurück.

„W... Was ist das d... denn?", stotterte er und richtete sich auf.

„Achtung, Anton!“, sagte sein Vater mit ruhiger Stimme, anstatt die Frage zu beantworten. „Komm her zu mir. Geh langsam rückwärts und sei vorsichtig!“

„W... Was ist das, Papa?“, fragte Onkel Anton, während er ein paar Schritte zurückwich.

„Pass auf, wo du hintrittst!“

Aufmerksam suchten Opa Schmicklers Augen den Boden ab.

„D... Das sieht aus wie ein Kegel v... vom Bowling!“, sagte Onkel Anton.

Sein Vater nickte und schluckte.

„Ja, aber es sieht nur so aus. Leider ist es nicht so harmlos, sondern gefährlicher Müll aus dem Krieg.“

Anton wurde blass.

„Ei... Eine B... Bombe!“, begriff er und blieb wie angewurzelt stehen.

„Nein, Anton, nicht unbedingt eine Bombe, aber möglicherweise genauso explosiv. Du kannst dich jetzt umdrehen und zu mir kommen.“

„W... Was ist das, Papa?!“, fragte Anton noch einmal.

Er wandte sich um und ging auf Zehenspitzen auf seinen Vater zu.

„Vielleicht eine Mörsergranate. Da drinnen liegen nämlich noch mehr davon“, sagte Herr Schmickler und zeigte mit der Hand auf den Bunker. Anton zuckte zusammen und sprang auf Opa Peter zu.

„D... Die explodiert gleich!“, murmelte er leise, als er neben ihm anhielt.

Sein Vater lächelte.

„Na ja, wahrscheinlich nicht“, beruhigte er, „aber so ein alter Munitionsfund ist auf jeden Fall mit Vorsicht zu genießen. Je länger das im Boden liegt, desto gefährlicher. Wenn auch nicht immer alles gleich in die Luft fliegen muss.

Der Inhalt kann auch giftig sein oder nur in Brand geraten oder die Umwelt verschmutzen."

„H... Hab ich das g... gut gemacht, Papa?", fragte Onkel Anton immer noch leise.

„Ja, sehr gut! Du hast auf mich gehört und das Ding nicht angefasst. Aber normal sprechen kannst du ruhig!", grinste er und klopfte seinem Sohn auf die Schulter.

„D... Die is ja nich so groß", sagte der nun lauter und sehr erleichtert.

„Größe und Form sagen leider nichts über die Gefährlichkeit aus, Anton. Es ist von außen schwer zu erkennen, was sich hinter dieser Metallhülle oder in der Erde verbirgt. Der Verdacht, also die Möglichkeit, dass es lebensgefährlich sein könnte, besteht hier immer, und er reicht aus, um uns zum Handeln zu zwingen. Wir sind verantwortlich für unseren Grund und Boden."

„W... Was machen wir jetzt, Papa?"

„Erst mal gehen wir zurück auf den Fußweg, und dann rufen wir die Polizei an."

Herr Schmickler machte sich vorsichtig an den Abstieg. Er ließ Anton vorgehen, und auch Caruso trottete brav hinterher.

„D... Die Polizei", murmelte Anton vor sich hin, während er Richtung Fußweg ging. „U... Und dann, Papa?", fragte er.

„Hm?!"

„W... Was machen wir, w... wenn wir angerufen haben?"

Opa Peter steckte die Stabtaschenlampe im Gehen zurück in die Hosentasche und tastete bereits nach seinem Smartphone.

„Wir warten auf jeden Fall, bis die Polizei kommt. Nicht auszudenken, wenn hier Spaziergänger oder womöglich neugierige Kinder auf der Bruchstelle herumkraxeln." Opa Peter schüttelte sorgenvoll den Kopf. „Ich will mir gar nicht vorstellen, was alles passieren könnte, wenn sie den Haufen

Granaten entdecken.“ Er zeigte mit dem rechten Daumen über die Schulter zurück zu dem Betonbunker hinter seinem Rücken. „Achtzig Prozent von diesen Kriegsgranaten waren immerhin funktionstüchtig, das heißt, die meisten von den Dingern da drinnen könnten höchstwahrscheinlich auch heute noch hochgehen. Sie müssen nur auf den Boden fallen.“

„Oh, oh!“, machte Onkel Anton. „Wie ... wie viele sind denn da drin, Papa?“

„Ich weiß nicht, Anton, ich hatte keine Zeit zum Zählen.“ Antons Vater lächelte, aber sein Sohn reagierte nicht auf den Witz. Peter Schmickler seufzte. „Vielleicht noch hundert“, meinte er dann. „Es sieht so aus, als wenn sie nie abgeschossen wurden. Also, zumindest die da drinnen. Wahrscheinlich war das hier eine Verteidigungsstellung.“

Anton verstand sofort.

„Für die Brücke?“

„Ja, für die Brücke von Remagen. Irgendwann wurde die Stellung dann aufgegeben, als es keinen Sinn mehr machte. Wahrscheinlich, nachdem die Deutschen sich entschieden hatten, die Brücke selbst zu sprengen, um den von Westen kommenden Amerikanern den Weg über den Rhein abzuschneiden.“

„Ha... Hat aber nich geklappt“, wusste Anton, ebenfalls aus der Schule.

Opa schmunzelte. Manches blieb einfach im Gedächtnis seines Sohnes hängen, leider konnte man vorher nicht genau sagen, was das sein würde. Aber die Geschichte der alten, kriegsentscheidenden Eisenbahnbrücke war berühmt und hatte offensichtlich auch seinen speziell begabten Sohn beeindruckt. Die Deutschen hatten gegen Kriegsende nicht mehr genügend und dann auch nur zu schwachen Sprengstoff auftreiben können. Erst ein paar Tage nach der Sprengung war die Brücke eingestürzt. Doch da hatten die Amerikaner das andere Ufer längst erreicht. Ironie der Geschichte und gut für die Befreiung des Rheinlandes von der Nazidiktatur.

Mittlerweile hatten sie den Fußweg erreicht, und Opa wählte die Nummer der Polizeiwache in Brehlweiler. Hier war keine Verzögerung zu verantworten. Der Fundort musste sofort abgesperrt und der Kampfmittelräumdienst informiert werden. Der alte Bunker lag einfach zu nah am Wanderweg.

„Ja, guten Morgen. Peter Schmickler hier. Wir haben einen großen Munitionsfund zu melden in Burgenach. Das Erdbeben diese Nacht hat wohl eine alte Verteidigungsstellung am Sonnenhang in Brehl freigelegt."

Er schwieg einen Moment.

„Ja, selbstverständlich. Wir warten hier. Bis gleich."

Opa legte auf und wandte sich seinem Sohn zu.

„Unglaublich. Mir ist schon öfter alte Munition vor die Füße gekommen. Aber so ein großer Haufen ..."

Er schüttelte schon wieder den Kopf.

„Unglaublich", wiederholte er, „was da an brandgefährlichen Kriegsresten so alles unter der Oberfläche schlummert."

„W... Wahnsinn", bestätigte Anton. „Wahnsinn is das, oder, Papa?"

SCHULBEGINN

Silas öffnete die Tür zum Matthias-Claudius-Gymnasium (MCG) Burgenach. Sein Freund Ronny, der neben ihm stand, überragte ihn um neunzehn Zentimeter. Dass es nur noch neunzehn und nicht mehr zwanzig waren, war Silas sehr wichtig. Die seiner Meinung nach zu geringe Größe von nur einem Meter und einundsechzig Zentimetern störte ihn fast täglich. Besonders, weil seine jüngere Schwester Rahel immer noch vier Zentimeter größer war. Außerdem war er zu klein für sein Gewicht.

„Immer herein mit euch!", sagte er und hielt die Schultür für die Mädchen offen, um ihnen den Vortritt zu lassen.

„Oh, danke!"

Sophia, die mit Rahel hinter den Jungs gegangen war, machte einen Schritt durch die Schultür. Auch Ronny war zurückgeblieben und legte seine Hand schnell weiter oben an die schwere Tür.

„Wie nett von euch!", sagte Rahels Freundin.

Silas' Schwester guckte erstaunt und zögerte, beschloss dann aber auch, schnell das Gebäude zu betreten.

„Danke", murmelte sie ebenfalls.

„Bitte", sagte Ronny und folgte den Mädchen auf den Schulflur. „Noch habe ich gute Laune, mal sehen, wie lange die in der ersten Schulwoche nach den Sommerferien anhält."

Er hatte den Satz kaum ausgesprochen, da wurde er von hinten angerempelt. Ein frischgebackener Oberstufenschüler, Nick aus der 11, schubste ihn unsanft zur Seite, um sich an ihm vorbeizudrängeln.

„Mann, aus dem Weg, du Jude", raunzte er den größeren Ronny an.

Dem fiel die Kinnlade herunter, und auch die anderen drei Mitglieder der Detektei Anton waren für einen kurzen Moment sprachlos. Letztes Jahr hatte sich Sophia böse Bemerkungen über ihre Hautfarbe anhören müssen, und jetzt so etwas.

„Was soll das denn heißen?", rief Rahel Nick hinterher, der schon fast um die nächste Ecke verschwunden war. Sie hatte zuerst ihre Sprache wiedergefunden.

„Na, siehst du nicht, dass Ronny eine Judennase hat?", antwortete Nora, Nicks stark geschminkte Freundin, die jetzt ebenfalls an ihnen vorbeistolzierte. Und auch Viola, ihr genauso aufgetakelter, ständig folgender Schatten, musste noch einen Spruch draufsetzen.

„Genau, und zwar echt krass, deine Hakennase. Guck mal in den Spiegel!", warf sie Ronny an den Kopf.

Die vier Detektive standen immer noch verblüfft auf derselben Stelle. Ronny fasste sich instinktiv ins Gesicht. Okay, seine Nase war lang, aber seine Arme und Beine schließlich auch. Passte doch.

„Ich fasse es nicht!", empörte sich Rahel. „Haben die gerade ‚Jude' als Schimpfwort benutzt!?"

„Ja, haben sie und behauptet, man erkennt einen Juden an der Hakennase! Das geht gar nicht. Dass solche Sprüche immer noch kursieren!"

Silas schüttelte ungläubig den Kopf und setzte sich in Bewegung. Er ging als Letzter durch die Tür und ließ sie hinter sich zufallen.

„Der hat wohl in der 9 zu viel Unterricht verschlafen."

Ronny betastete immer noch seine Nase. Deswegen klang seine Stimme etwas verschnupft.

„Wieso?", fragte Sophia.

Sie war kurz vor den Sommerferien nach Burgenach gezogen und bis dahin von Privatlehrern zu Hause unterrichtet worden. Erst seit ein paar Tagen stand fest, dass sich ihr Wunsch erfüllen und sie mit ihrer Mutter hier wohnen bleiben würde. Der Vater, der einen erfolgreichen pharmazeutischen Betrieb in Ludwigshafen führte, wollte wenigstens an den Wochenenden zu seiner Familie stoßen. *Maman,* wie Sophia ihre Mutter nannte, würde das meiste ihrer Arbeit im Homeoffice erledigen können.

„Weil wir in der 9 erst die NS-Zeit und dann den Antisemitismus besprochen haben", erklärte Ronny und ließ seine Nase endlich in Ruhe.

„Aha. *Très bien",* nickte Sophia. Rahel guckte fragend.

„Anti... was?!"

„Semitismus", wiederholte ihr Bruder. Er hatte eine Vorliebe für Sprachen und Fremdwörter. „Die Israeliten oder Juden werden auch Semiten genannt, weil sie nach der Bibel von Sem, einem Sohn Noahs, abstammen. Antisemitismus bedeutet Judenhass oder Feindschaft gegen Juden sowie ihre Verfolgung."

Rahel stöhnte.

„Klingt wie eine Krankheit. Okay", seufzte sie, „dann kriegen wir das dieses Jahr, Sophia."

„Habe nichts dagegen. Hört sich spannend an."

Rahel guckte zweifelnd.

„Habt ihr auch bei KZ-Angie?", fragte Ronny.

„Das ist nicht lustig, Ronny", tadelte Silas seinen Freund und sah ihn vorwurfsvoll an. „KZ ist die Abkürzung für Konzentrationslager. Dort wurden Millionen unschuldiger Menschen umgebracht", erklärte er den Mädchen.

Sie standen mittlerweile vor dem Klassenraum der 9a, die Rahel und Sophia seit heute besuchten. KZ-Angie war der hässliche, inoffizielle Name für die Geschichtslehrerin Angela Kragenbeck. Die Schüler hatten ihn ihr verpasst, weil sie beim Thema Nationalsozialismus einen überdurchschnittlich großen Eifer an den Tag legte und Generationen von Burgenachern auf Klassenfahrten zu ehemaligen Konzentrationslagern begleitet hatte.

„'Tschuldigung", meinte Ronny. „Dann eben Juden-Angie."

„Das ist auch nicht besser."

Silas wurde rot.

„Frau Kragenbeck setzt sich wenigstens für ihre Überzeugung ein", verteidigte er die Lehrerin. „Außerdem passt ‚Juden-Angie' nicht, denn es wurden auch Sinti und Roma verfolgt oder geistig Behinderte umgebracht."

Er hatte den Unterricht eigentlich ganz interessant gefunden. Vielleicht, weil ihn das Judentum als Vorläufer des Christentums sowieso interessierte. Er hatte da schon einiges aus dem Alten Testament gelernt und den Klassenkameraden erklären können. Außerdem musste er immer an Onkel Anton denken. Was hätten sie ihm wohl angetan, wenn er damals gelebt hätte?

„Ja, schon gut, dann eben nur Angie", lenkte Ronny ein. „Also, habt ihr die Kragenbeck denn überhaupt?"

Rahel zuckte die Schultern.

„Ich denke, schon. Sie ist jedenfalls für die nächsten zwei Jahre unsere Klassenlehrerin", beantwortete sie Ronnys Frage.

Sie sollte recht behalten. Als Ronny und Silas gerade am Klassenraum der 10b angekommen waren, tauchte Frau Kragenbeck in der 9a auf. Wie sich herausstellte, würde sie in Sophias und Rahels Klasse nicht nur Geschichte, sondern auch Deutsch unterrichten.

Angie, wie auch Rahel sie von diesem Moment an bei sich nannte, war eine unspektakuläre Erscheinung. Sie trug keine hohen Stöckelschuhe und hatte auch keinen lustigen Akzent wie Madame Müller, die Französischlehrerin. Ihre Figur, Frisur und Kleidung waren durchschnittlich unauffällig, und sie war sicher auch kein geheimer Bodyguard wie Herr Schöne, der kurz vor den Sommerferien für ein paar Tage an der Schule aufgetaucht war. Das einzige besondere Kennzeichen, wenn man es denn so nennen wollte, war ihre dunkle, große Brille mit den dicken Gläsern. Sie rückte sie auf der Nase zurecht, räusperte sich und begrüßte ihre neuen Schüler. Nachdem sie den Stundenplan für das erste Halbjahr verkündet hatte, kam sie sofort auf ihr Lieblingsthema zu sprechen, genau wie Ronny es angedroht hatte.

„In diesem Schuljahr befassen wir uns mit der dunkelsten Epoche der deutschen Geschichte. Laut Lehrplan steht der Nationalsozialismus zwar erst im zweiten Halbjahr der Jahrgangsstufe 9 auf unserer To-do-Liste, trotzdem möchte ich einige Aspekte aus gegebenem Anlass bereits etwas früher beleuchten. Das werden die ideologischen Grundlagen des Nationalsozialismus sowie der Weg zur ‚Machtergreifung' Adolf Hitlers sein. Mit den Unterthemen Außenpolitik, Widerstand, Schoah sowie dem Kriegsverlauf beschäftigen wir uns dann von Januar bis zu den Sommerferien."

Rahel stöhnte innerlich. Das hörte sich noch langweiliger an, als sie befürchtet hatte. Wenn Ronny weiter recht behielt, würde Angie sie gleich bestimmt zu ihrer Geschichts-AG einladen, die freitags in der siebten Stunde stattfand. Das war vielleicht ein möglicher Termin für alle Streber, die das schulfreie Wochenende so lange wie möglich hinauszögern wollten, aber ganz bestimmt nicht für einen normalen Schüler. Und tatsächlich fügte Frau Kragenbeck jetzt einen Werbeblock ein.

„Freitags in der siebten Stunde biete ich eine AG an, die sich mit dem Antisemitismus in unserer eigenen Stadt befasst, unserem schönen Städtchen Burgenach. Wie ihr vielleicht schon in der Zeitung gelesen habt ..."

Einige Jugendliche kicherten bei dem Gedanken an Zeitunglesen oder Nachrichtengucken. Frau Kragenbeck stoppte kurz und räusperte sich erneut, bevor sie fortfuhr.

„... diskutiert unser Stadtrat zurzeit die Verlegung der sogenannten ‚Stolpersteine' vor den Häusern, die einmal Juden gehört haben, bevor ihre Eigentümer deportiert und umgebracht wurden."

Jetzt kicherte niemand mehr. Annalena meldete sich.

„Ja, bitte?", rief Frau Kragenbeck sie auf.

„Was genau sind denn Stolpersteine?", fragte sie.

„Sie sind das Projekt eines deutschen Künstlers. Er hat vor ungefähr dreißig Jahren damit angefangen, kleine quadratische Gedenktafeln aus Messing im Boden zu verlegen. Sie tragen die Namen der Opfer der Nazidiktatur. Man soll darüber mit den Augen stolpern können, wenn man dort vorbeigeht, und an das Unrecht und die Ermordeten erinnert werden. Mittlerweile gibt es solche Steine in vielen europäischen Ländern, und ... "

Die Lehrerin sah kurz auf die Uhr.

„... wir setzen uns mit unserer AG dafür ein, dass auch Burgenach welche bekommt. Ich denke, die Verlegung ist ein wichtiger Akt des Respekts und eine Maßnahme gegen das Vergessen. Wir werden eine Stadtratssitzung besuchen, und einer oder eine von euch wird vor den Kommunalpolitikern und Politikerinnen eine kurze Rede zu diesem Thema halten dürfen. Mir ist es wichtig, dass meine Schüler lernen, dass es sich lohnt, sich für seine Ziele einzusetzen, und dass man in einer Demokratie mit tatkräftigem Einsatz durchaus etwas bewirken kann."

Rahel bemitleidete kurz in Gedanken den Pechvogel, der einen solchen Text würde ausarbeiten müssen, dann setzte sich Frau Kragenbeck endlich an ihr Lehrerpult und schlug das Klassenbuch auf.

„In der 10 bleibe ich euch sehr wahrscheinlich auch noch in Geschichte erhalten, da Frau Fortwendler, wie ihr sicher wisst, Zwillinge bekommen hat und etwas länger zu Hause bleiben will. Daher ist die AG vielleicht auch eine gute Vorbereitung auf das nächste Schuljahr. Denn dann sind die Nachkriegszeit und der Umgang mit der eigenen NS-Geschichte vor Ort Thema."

Rahel schaute zu Sophia, die neben ihr saß. Wer, bitte schön, dachte denn jetzt schon an das nächste Schuljahr?! Sie war froh, wenn sie diesen ersten Tag einigermaßen hinter sich brachte. Doch ihre Freundin blickte aufmerksam nach vorn. Sie sah fast so aus, als wenn sie ernsthaft über diese Stolpersteine-AG nachdachte. Rahel seufzte noch einmal und sah aus dem Fenster. Draußen strahlte die Sonne von einem wolkenlosen Himmel. Bestes Freibadwetter! Sehnsüchtig dachte Silas' Schwester an ihre Dauerkarte für das kleine Thermalbad zwischen Brehl und dem nächsten Dorf, das immerhin eine 30-m-Bahn hatte. Es war schon 80 Jahre alt, daher das seltsame Maß, und hatte das beste Wasser, das man sich für ein Schwimmbad vorstellen konnte. Eine der hier häufiger vorkommenden Mineralwasserquellen speiste das große und zwei kleine Becken und sorgte so dafür, dass alle vier Tage das Wasser komplett ausgetauscht war. Daher musste es kaum gechlort werden. Am Anfang war es ungewohnt und ermüdend gewesen, aber mittlerweile hatte sich ihr Körper an das fünfundzwanzig Grad warme Wasser gewöhnt, und sie konnte sogar tausend Meter durchkraulen. Ganz gegen ihre Erwartung hatte sie Gefallen am Schwimmen gefunden und vermisste das Kunst- und Turmspringen nicht mehr so sehr. Es gab sogar einen kleinen Verein mit ein paar Übungsleitern hier in Brehl. Vielleicht würde sie da eintreten. Bis Anfang Oktober wäre das Thermalbad noch geöffnet, länger als jedes andere, das sie kannte.

„Rahel!", hörte sie plötzlich eine Stimme ihren Namen rufen und zuckte zusammen.

Das Freibad mit dem wunderbaren Wasser verschwand vor ihren Augen, und sie war zurück im Klassenraum. Verwirrt schaute sie zur Tafel. Frau Kragenbeck sah sie an, als wartete sie auf eine Antwort. Wie lautete bloß die Frage? Hier half nur die Flucht nach vorn.

„Entschuldigen Sie bitte, Frau Kragenbeck, ich glaube, ich habe gerade nicht zugehört", sagte Rahel ehrlich und machte Augen wie Caruso, wenn er um Wurst bettelte.

Die Geschichtslehrerin lächelte freundlich. Eigentlich hatte sie ein nettes Gesicht.

„Ja, das glaube ich auch, Rahel. Ich fragte, wer weiß, wo die Pinnnadeln sind, damit wir diesen Zettel hier hinten an der Pinnwand aufhängen können."

Sie hielt ein DIN-A4-Blatt in die Höhe.

„Es geht um den 12. November und den Tag der Demokratie in Remagen. Auch das Matthias-Claudius-Gymnasium wird wieder mit einem Stand vertreten sein. Auf dem Blatt könnt ihr euch eintragen bei der Zeit, die euch am besten passt, denn die neunten und zehnten Klassen übernehmen das traditionell an unserer Schule. Und ich bitte um zahlreiches Erscheinen!"

Mit diesen Worten reichte Frau Kragenbeck Alena den Zettel, die hilfsbereit aufgesprungen war. Sie wusste, wo im Klassenschrank sich die gewünschten Nadeln befanden. Rahel beugte sich zu Sophia.

„Ah, der Tag der Demokratie! Opa hat schon oft davon erzählt. Einmal im Jahr wimmelt es hier in der Gegend von Polizisten. Die Neonazis nutzen das Datum zu einer Kundgebung, und ihre Gegner rufen zur Gegendemo auf", erklärte sie ihrer Freundin flüsternd.

„Jedes Jahr im November versammeln sich die Neonazis vor der Kapelle *Schwarze Madonna*. Diese Madonna erinnert an die zweihundertfünfzigtausend deutschen Kriegsgefangenen, die 1945 von den Amerikanern auf den Rheinwiesen hinter Stacheldraht festgehalten worden sind. Weiß jemand, wer die Skulptur hergestellt hat?", fragte Frau Kragenbeck.

Alena meldete sich und wurde aufgerufen.

„Einer der Kriegsgefangenen hat die Schwarze Madonna aus dem Lehm der Goldenen Meile geformt. Er war Künstler."

„Richtig, Alena."

Angie schaute jetzt zu Rahel und Sophia.

„Für unsere Zugezogenen: Goldene Meile, so heißen die Felder der Rheinwiesen wegen des besonders fruchtbaren Bodens, auf dem goldgelber Weizen wächst."

Wenn sie nicht gerade als Gefängnis benutzt werden, ergänzte Rahel in Gedanken.

„Nach drei Monaten ohne Dach über dem Kopf und bei schlechter Verpflegung waren mehr als tausend der Gefangenen gestorben. Sie wurden östlich von Brehl in einer Kriegsgräberstätte begraben."

„Ich weiß, wo das ist", flüsterte Rahel.

„Ihr könnt euch denken, dass die angeblich absichtlich schlechte Behandlung der Deutschen durch die Sieger für Neonazis natürlich ein gefundenes Fressen ist. Dabei waren die Amerikaner schlicht überfordert von der Masse der Menschen."

Auch das Thema ‚Schwarze Madonna' und die Werbung der Geschichtslehrerin für den Tag der Demokratie hatte Ronny vorhin schon vorhergesagt. Offensichtlich war auf Frau Kragenbeck Verlass. Nach ihren politischen Aktivitäten konnte man die Uhr stellen.

CESARE LOMBROSO

„I... Ich hab 'ne Bombe gefunden, Rahel!" Mit diesen Worten begrüßte Onkel Anton seine Nichte am Abendbrottisch in Opas Küche.

„Im Ernst?!", fragte Rahel interessiert und blieb stehen, anstatt sich auf ihren Platz am Tisch zu setzen. „Wo?!"

Sie sah aus, als würde sie sofort losziehen, wenn sie nur wüsste, wohin. Doch ihre Mutter stoppte sie.

„Moooment, Fräulein! Bevor Bomben gesucht werden, wird das Schwimmzeug aufgehängt und zu Abend gegessen!"

Wortlos ging Rahel zurück in den Flur, hob die Schwimmtasche auf und wanderte weiter in die Waschküche im Keller. Dort hängte sie schnell den nassen Badeanzug und ihre Handtücher zum Trocknen auf die Leine. Sie hatte einen Mordshunger, wie immer, wenn sie aus dem Wasser kam, und aus der Küche duftete es nach frischen Bratkartoffeln. Die wollte sie sich nicht entgehen lassen. Ihr Bruder Silas saß bereits am Tisch und würde, wenn man ihn nicht davon abhielt, die ganze Pfanne alleine leer essen.

„'Ne... 'ne B... Bombe, haste gehört, Rahel?!", wiederholte Onkel Anton, als seine Nichte endlich neben ihm Platz nahm.

„Das stimmt wirklich?!", fragte das Mädchen nach. „Sag schon, wo?!"

„Am alten Weinberg am Sonnenhang", erklärte Opa Peter. Dann neigte er den Kopf und dankte für das Essen. „Und es handelt sich sehr wahrscheinlich um alte Mörsergranaten, nicht um Bomben", stellte er schmunzelnd klar, nachdem er das Gebet beendet hatte.

„M... Mörsergranate, s... sag ich doch!", behauptete Onkel Anton.

„Ja, das hast du gemeint", bestätigte Opa.

„Mörsergranate? Habe ich noch nie gehört. Was ist das und wie kommt das zum Sonnenhang?", fragte Rahel und griff nach der Salatschüssel.

„Das war ganz schön heftig, d... das Erdbeben heute Nacht", murmelte Onkel Anton und widmete sich seinen Bratkartoffeln.

Rahel seufzte und beneidete den Onkel kurz. Er hatte Urlaub und war mit Opa noch bis nach Mitternacht wach gewesen. Deshalb hatte er das kurze Beben des Fußbodens live miterleben können. Es hatte ihn offensichtlich schwer beeindruckt. Sie selbst hatte leider alles verschlafen. Nicht einmal das laute Gläserklirren in der Vitrine im Wohnzimmer hatte sie geweckt. Schade, dass es keine Erdbeben-Wecker gab ...

„Mörser sind Steilfeuergeschütze", erklärte Silas, der schon im Internet nachgeguckt hatte.

Aber an Rahels Gesicht sah er, dass sie ihre Frage von eben wohl bereits vergessen hatte. Oder konnte sie mit dem Wort ‚Steilfeuergeschütz' auch nichts anfangen? Zur Sicherheit schob er noch eine weitere Erklärung hinterher: „So ein Geschütz sieht aus wie eine moderne Kanone mit dünnem Rohr. Das Rohr kann man ganz steil nach oben richten und dann die Granaten, also quasi die Munition, oben hineinfallen lassen. Sie fällt runter auf den Zünder und ... Bääām!", machte ihr großer Bruder und simulierte mit den Händen die Flugbahn des Geschosses.

In seinem militärischen Eifer stieß er beinahe die offene Ketchupflasche um. Mama stoppte sie im letzten Moment. Rahel runzelte die Stirn und sah ihre Mutter an.

„Das ist nicht mein Fachgebiet, Schatz. Ich kann mir nicht wirklich etwas darunter vorstellen. Will ich auch gar nicht", sagte Hannah Schmickler und rückte die Ketchupflasche aus Silas' Reichweite.

„Man kann auch Granatwerfer dazu sagen", meinte Opa. „Ein Geschütz, das die Granaten einfach weiter wirft oder schleudert, als man es mit der Hand könnte. Nur, dass die Munition dafür nicht eiförmig ist wie eine Handgranate, sondern länglich-kegelförmig."

Opa Peter zeigte mit den Händen die verschiedenen Formen. Silas hatte mittlerweile sein neues Smartphone in der Hand und hielt es Rahel unter die Nase. Die Abbildung eines Mörsers samt Granaten war dort zu sehen.

„Ah!", machte Rahel und griff nach dem Handy. „Sieht gefährlich aus", sagte sie, und es klang nicht danach, als würde sie das abschrecken.

„Silas, nicht beim Essen!", mahnte Mama.

Rahel gab das Gerät an ihren Bruder zurück, doch sie hatte Feuer gefangen. Ihre Augen funkelten vor Vorfreude.

„Da muss ich so schnell wie möglich hin. Sind da nur Granaten oder auch dieses Mörserdings im Boden?!"

Opa hob die Augenbrauen.

„Genau das ist das Problem, Rahel. Man weiß nicht, was da so alles im Boden ist. Deswegen habe ich heute sofort die Polizei gerufen. Das Gebiet ist abgesperrt und wird bewacht, bis morgen früh der Kampfmittelräumdienst aus Koblenz anrückt. Auch wir dürfen nicht dorthin. Denn es könnte lebensgefährlich sein", versuchte er, seine Enkelin zu bremsen.

Die Warnung ließ Rahel aber nur noch kribbeliger werden. Ihre Nase witterte ein neues Abenteuer. Und als Opa auch noch den Bunker erwähnte, hielt es sie kaum noch auf dem Stuhl.

„Das ist cool! Endlich ein neuer Fall für die Detektei Anton! Wir erforschen den Weltkriegsbunker! Wer weiß, was wir alles finden!"

„Wenn der Kampfmittelräumdienst da fertig ist, gibt es, glaube ich, nichts mehr zu finden, Schatz", meinte Mama. „Hoffentlich. Jedenfalls lasse ich euch erst dahin, wenn keine Gefahr mehr besteht", stellte sie klar.

Rahel seufzte. In diesem Punkt war Mama stur. Frau Schmickler sah ihren Schwiegervater an.

„Hoffentlich wird es nicht so teuer", sagte sie und nahm sich auch von dem Salat.

„Müssen wir das etwa bezahlen?", fragte Silas.

Opa schüttelte den Kopf.

„Nein, zum Glück nicht. In Rheinland-Pfalz ist das kostenlos, Hannah", beruhigte er seine Schwiegertochter. „Das ist längst nicht in allen Bundesländern so."

„Auch, wenn es auf unserem privaten Grundstück gefunden wurde, Paps?"

Herr Schmickler nickte.

„Das wäre ja noch schöner, wir können doch gar nichts dafür!", empörte sich Rahel.

„Trotzdem. Eigentum verpflichtet eben. Wir müssen den Zugang zum Bunker auch absichern, wenn dort keine alte Munition mehr herumliegt. Und die abgerutschte Erde wegschaffen."

Er seufzte.

„Ich werde mir etwas einfallen lassen müssen."

Opa kannte sich als ehemaliger Polizist mit den Gesetzen aus. Und er hielt sich daran. Jetzt lehnte er sich allerdings erst einmal zurück und schob den leeren Teller von sich.

„Bist du schon satt?“, fragte Silas erwartungsvoll.

„Ja“, sagte Opa und schob die Pfanne mit den Bratkartoffelresten in die Richtung seines Enkels.

„Danke. Will sonst noch jemand?“, bot Silas großzügig an.

Rahel hob ihren Teller.

„Ja, bitte“, sagte sie ungewohnt höflich, und ihr Bruder teilte gerecht.

„Opa, wir helfen dir!“, bestimmte er dann dankbar kauend.

„Das ist prima, Silas“, freute sich Mama. „Dann helft ihr mir bestimmt auch. Ich habe gekocht, ihr räumt auf und spült. Ich muss mich dringend noch an unser jüdisches Musikprogramm setzen. Meine Bühnenpartnerin Andrea und ich sind schon für mehrere Auftritte in Kirchen und ehemaligen Synagogen gebucht. Wir sollten endlich die Lieder festlegen, damit Christine die Stücke einüben kann.“

Christine war Mamas Freundin und Pianistin.

„Die erklärenden Texte dazwischen muss ich auch noch ausformulieren.“

„Geh nur, Hannah! Wir schaffen das schon“, sagte Opa.

„Danke, Paps“, sagte Hannah und stand auf.

„Jüdisches Programm?“, fragte Silas. „Aber was wollt ihr denn da singen? Klezmer-Musik ist doch vorwiegend instrumental.“

Rahels Bruder war selbst ein begeisterter Klarinettenspieler. Deswegen kannte er diese Art der jüdischen Volksmusik natürlich, bei der die Klarinette eine bedeutende Rolle spielt. Mama lächelte.

„Oh, jüdische Musik ist nicht nur Klezmer, Silas, im Gegenteil. Es gibt sehr viele jüdische Komponisten, die weltberühmte Opern, Musicals und Oratorien geschrieben haben. Gustav Mahler gehört dazu. Genies wie Felix Mendelssohn-Bartholdy oder seine Schwester Fanny Hensel kamen aus einer jüdischen Familie, und große Künstler wie

Leonard Bernstein, Irving Berlin, Frederic Loewe und George Gershwin waren jüdisch."

„Seltsam", sagte Rahel, „bis heute hatte ich kaum von Juden gehört, geschweige denn einen gesehen. Dann hat Frau Kragenbeck in der Schule von ermordeten Juden erzählt, und jetzt machst du plötzlich ein jüdisches Programm."

„Nein, nicht plötzlich, Rahel", widersprach Mama. „Wir planen das schon lange, aber wir hatten einfach zu viele Ideen. Da hätte man mindestens zwei Programme draus machen können."

„Frau Kragenbeck ist die Geschichtslehrerin?", fragte Opa.

„Ja, ich habe sie auch", antwortete Silas.

„Sind denn alle diese Komponisten von den Nazis getötet worden?", wollte Rahel wissen.

„Mendelssohn starb 1847", schmunzelte Mama. „Das war lange vor den Nazis. Aber Antisemitismus war leider schon immer ein Thema, auch in der Romantik, also zu seiner Zeit."

„Und überall auf der Welt", ergänzte Opa. „Besonders hier in Europa."

Rahel nickte mechanisch, denn jetzt kannte sie die Bedeutung des Fremdwortes.

„Dabei gibt es jüdisches Leben in Mitteleuropa nachweislich seit über 1700 Jahren. Am 11. Dezember 321 hat der römische Kaiser Konstantin die Kölner Stadtoberen per Verordnung angewiesen, Juden Bürgerrechte einzuräumen. Ab da durften sie zum Beispiel öffentliche Ämter bekleiden."

„B... bekleiden?!", kicherte Anton. „W... waren die vorher nackt?"

Mama lachte. „Das heißt, dass sie das von Beruf werden durften", erklärte sie. „Und wenn so was geregelt wurde, dann muss es wohl Juden in Köln gegeben haben."

„Logisch", meinte Rahel.

„Woher weißt du denn so was, Opa?“, fragte Silas.

Opa wurde etwas rot.

„Ich weiß es von deiner Mutter“, gab er zu und sah zu seiner Schwiegertochter.

„Ja, Silas, das Jubiläum ist der Grund für unser Konzertprogramm. Wir wollen zeigen, wie viel Einfluss das jüdische Leben in diesen 1700 Jahren auf unsere Musik hatte. Leider mussten immer wieder jüdische Musiker aus Europa fliehen. Deshalb handeln viele Lieder von der Sehnsucht nach einer sicheren Heimat, die so unerreichbar schien.“

„Logisch. Der Staat Israel existiert erst seit 1948“, nickte Silas. „Es gab vorher nirgendwo auf der Welt einen Ort, an dem sie sicher waren, weil er ihnen selbst gehörte.“

„Wir wollen mit dem Konzert jedenfalls an einige vergessene Namen erinnern, aber auch an die berühmten Künstler, die in ihrer Zeit überlebt haben. Sie hatten nicht nur großen Einfluss auf die deutsche Kultur, sondern prägten später auch die Musik ihrer neuen Heimatländer.“

„Und nicht nur das“, ergänzte Opa. „Es gab nicht nur jüdische Komponisten, die eine Bereicherung für Deutschland waren, sondern auch viele Wissenschaftler wie Einstein oder den Mediziner Paul Ehrlich. Große Dichter wie Heinrich Heine oder Else Lasker-Schüler waren Juden. Wir haben ihnen zum Teil viel zu verdanken.“

„Krass!“, sagte Silas. „Wenn ich von Juden gehört habe, dann eigentlich immer nur als Opfer der Nazis.“

Opa nickte.

„Ja, das geht mir genauso, aber die Rolle der Juden hier in Mitteleuropa geht weit über die Opferrolle hinaus. Es ist schön, Hannah, dass ihr mit eurem Konzert auch einmal die musikalischen Leistungen in den Vordergrund rückt“, lobte Opa und stand auf, um den Tisch abzuräumen. „Ich komme auf jeden Fall, wenn ihr in Brehlweiler auftretet.“

„Das freut mich, Paps, ich reserviere dir einen guten Platz“, sagte Mama im Weggehen lachend.

„Ach, Kinder, für mich wäre das ja nichts“, sagte Opa und öffnete die Spülmaschine, „aber eure Eltern stehen beide gerne im Rampenlicht.“

Rahel nickte kurz. Papa war nicht nur die Aufmerksamkeit des Publikums im Gerichtssaal gewohnt, sondern auch, wenn er Vorträge hielt. Mama fühlte sich auf der Bühne so richtig wohl. Rahel allerdings teilte Opas Ansicht. Für sie wäre es auch nichts, von so vielen Zuschauern oder Zuhörern begutachtet zu werden. Dann schaute sie zu Onkel Anton. Er nickte immer noch wie ein Wackeldackel. Sie grinste.

„Und du, Onkel Anton“, fragte sie. „Stehst du auch gern auf der Bühne?“

„Ja, klar!“, kam es wie aus der Pistole geschossen und todernst. „Auf der Südtribüne!“

Silas verschluckte sich an seinem letzten Bissen und prustete die Bratkartoffeln durch die Gegend.

„Die Brille steht dir gut!“

Kaum hatte Ronny diesen Satz zu Sophia gesagt, merkte er auch schon, wie er rot wurde, und drehte sich schnell um. Er tat so, als wolle er sich das Zimmer von Rahels Freundin angucken, und ließ seine Augen über die Wände und die schönen Möbel gleiten.

„Danke!“, sagte Sophia. „Ich habe mich schon daran gewöhnt. Es ist einfach so super, wenn man wieder alles scharf sehen kann. Ich hatte fast vergessen, dass Bäume nicht nur grün sind, sondern einzelne Blätter haben.“

Das hübsche Mädchen mit der hellbraunen Haut lachte fröhlich. Dann setzte sie ihre Sehhilfe kurz ab und betrachtete sie nachdenklich.

„Gut, dass ich nur kurzsichtig bin. Dafür bin ich wirklich dankbar. Erst haben die Ärzte befürchtet, es könnte eine Folge des Überfalls und des Betäubungsmittels sein."

Sophia setzte die Brille wieder auf und strahlte ihren Besuch an. Ronny nickte. Er freute sich für Sophia, aber die Worte, die er eigentlich sagen wollte, steckten irgendwie in seinem Hals fest. Er brachte sie nicht über die Lippen. Stumm packte er sein neues Spielzeug aus. Das Notebook, das Sophias Vater ihm aus Dankbarkeit für seine Hilfe bei der Suche nach seiner Tochter spendiert hatte, schleppte er überall mit hin, auch in die Schule und wenn er bei jemandem eingeladen war. Obwohl die Einladungen sich bislang auf die Familie Schmickler beschränkt hatten. Bei Mombauers war er heute zum ersten Mal. Sophias Mutter hatte unbedingt für ihn kochen wollen, sobald sie von ihrem Besuch in der alten Heimat Burundi wieder zurückgekommen waren. Ronny klappte den Computer auf und schaltete ihn an. Endlich konnte er seine Kenntnisse aus der Informatik-AG ausbauen.

„Schön, dass dir *Mamans* Essen geschmeckt hat", sagte Sophia. „Sie ist glücklich, dass wir alle drei die halben Sommerferien in Afrika verbracht haben. Das war vielleicht heiß!"

Ronny sagte immer noch nichts.

„Was guckst du nach? Wie man Kochbananen macht?", fragte das Mädchen und lächelte.

„Nein", sagte Ronny und starrte auf die Buchstaben seiner Tastatur.

Immerhin funktionierten einsilbige Wörter schon wieder.

„Ähm." Er räusperte sich. „Obwohl die sehr lecker waren."

Na bitte, das war ein ganzer Satz!

„Das hast du schon dreimal gesagt", grinste Sophia und schon war Ronnys Hals wieder zugeschnürt.

Das Mädchen kam näher und schaute jetzt interessiert auf den Bildschirm.

„Judennase?!“, fragte sie dann, als sie die Buchstaben lesen konnte, die der Junge eingegeben hatte. „Dein Ernst?“

Ronny atmete tief durch und drehte das Notebook etwas zu Sophia. Das Bild eines Mannes war zu sehen. Mit den Fingern auf der Tastatur und dem Blick auf den Bildschirm fühlte der große Junge sich wohler.

„Ja, ich fand den Begriff interessant“, sagte er, ohne die Augen von dem Text vor ihm abzuwenden, „und habe mal im Internet über äußere Merkmale und Kennzeichen recherchiert. Bin auf die verrücktesten Ideen gestoßen. Dieser Mann hier hat sogar behauptet, es gäbe den geborenen Verbrecher.“

Jetzt zeigte Ronnys Finger auf das schwarz-weiße Bild.

„Cesare Lombroso“, las Sophia vor, was darunter stand.

„Jawohl, Herr Lombroso, ein italienischer Arzt. Genauer gesagt Gerichtsmediziner und Psychiater. Er befasste sich als einer der Ersten mit den Ursachen von Verbrechen. Als Gerichtsmediziner kam er an Leichen ran und vermaß die Körper von toten Kriminellen und psychisch Kranken.“

„Äh!“, machte Sophia. Sie schüttelte sich und verzog das Gesicht. „Ist ja eklig.“

„Ja, nicht schön, aber krass ist, was er dabei ‚herausfand‘.“ Ronny malte mit den Händen kleine Anführungszeichen in die Luft. „Nämlich, dass man am Gesicht und Schädel eines Menschen sehen könne, ob er zur Gewalt neigt, also Verbrechen begehen würde.“

„Nicht im Ernst, oder?!“, empörte sich Sophia.

„Doch, guck mal hier zum Beispiel.“ Ronny rief eine weitere Seite auf, auf der verschiedene Gesichter und Körper abgebildet waren. „Jemand, der bestimmte Merkmale aufweist, wie zum Beispiel zusammengewachsene Augenbrauen, große, abstehende Ohren, einen ausgeprägten Unterkiefer oder besonders lange Arme, der soll einem Affen ähnlich sehen. Und das ist angeblich ein Kennzeichen für den

Rückfall in eine primitivere Entwicklungsstufe. Ein Mensch, der so aussieht, sei besonders wild und würde garantiert früher oder später irgendwann einmal straffällig, hat dieser Arzt behauptet. Die Nationalsozialisten haben sich später auf Lombroso berufen und reihenweise möglicherweise gefährliche Leute getötet."

„Wie furchtbar!", sagte Sophia erschrocken und zeigte auf die Jahreszahlen, die neben dem Bild standen. „Der ist 1909 gestorben. Das ist zwar lange her, aber nicht so lange, wie ich dachte. Ich hätte jetzt eher auf Mittelalter getippt."

„Nee, nix Mittelalter. Der Herr Lombroso kam erst durch Darwin und seine Entwicklungstheorie darauf. Das war später. Wann genau, stand auch irgendwo. Finde ich jetzt aber nicht mehr."

„So ein Quatsch!", sagte Sophia aus tiefster Überzeugung, nachdem sie einen Blick auf die Schwarz-Weiß-Bilder der Kriminellen aus dem 19. Jahrhundert geworfen hatte. „Und das hat der wirklich geglaubt?"

„Ich weiß nicht. Aber anscheinend schon. Und einige andere auch", sagte Ronny und klickte ein paar Bilder weiter und vergrößerte einen Ausschnitt. „Das hier ist jedenfalls die beste Judennase, die ich finden konnte. Und ich habe eindeutig keine! Meine Nase sieht ganz anders aus."

Sophia schüttelte heftig den Kopf.

„Ronny!", rief sie. „Jetzt machst du denselben Fehler wie dieser Arzt. Es gibt gar keine typische Judennase. Juden haben Nasen wie alle anderen Menschen auch! Große, kleine, dicke, dünne. Den Glauben kannst du einem Menschen doch nicht ansehen. Und genauso wenig, ob er ein Verbrecher oder Krimineller ist!"

„Weiß ich doch", sagte Ronny grinsend.

„Oh du!", drohte Sophia und ließ sich erleichtert auf ihrem Sessel nieder. Ronny freute sich über ihr leises Lachen.

LASSE

Ronny starrte auf das seltsame Zeichen auf seinem Schultisch. Es sah aus wie ein gespiegeltes schwarzes Z mit einem Querbalken. Bis gestern hätte er nicht gewusst, worum es sich dabei handelte. Aber nach seinem langen Ausflug ins Internet mit Sophia war es ihm nur zu klar. Auch wegen der mit schwarzem Edding gemalten Zahl 18 daneben. Das hatte Frau Kragenbeck schon letztes Jahr erklärt: Es gab geheime Zahlencodes der Rechtsradikalen. Die 1 stand für den ersten Buchstaben im Alphabet, die 8 für den achten. Zusammen ergab es AH, die Initialen von Adolf Hitler. Die schwarz ausgemalte Wolfsangel, so nannte man das Symbol vor ihm auf der Tischplatte, war wohl mit einem spitzen Gegenstand in das Holz eingeritzt worden. Sie hatten gestern gelesen, dass man früher tatsächlich mit so einem Metallhaken auf grausame Art Wölfe gefangen hatte. Die Zeichnung der Wolfsangel war nicht sehr tief, aber die Rillen noch sauber. Die Kratzer mussten also relativ neu sein. Er sah sich um, als könne er den zweifelhaften Künstler im Klassenraum auf frischer Tat ertappen. Denn diese spezielle Form des Zeichens mit Querstrebe war vor 1945 als Symbol der Hitlerjugend verwendet worden. Sie stand damit auf der Liste verbotener Zeichen und durfte nicht mehr als Kennzeichen einer ähnlichen Organisation verwendet werden. Hier, im Zusammenhang mit einem offensichtlichen Bekenntnis zum Nationalsozialismus, war es mehr als unangenehm. Er musste es einem Lehrer melden. Ronny blickte auf und sah, dass der strohblonde Lasse Langenbeck neben ihm stand. Er teilte Ronnys Vorliebe für T-Shirts mit Sprüchen. Heute trug er allerdings nur ein T-Shirt mit einer großen 28 und dem englischen Wort *Supporter* darunter. Ronny beschlich ein ungutes Gefühl.

„Hast du das auch gesehen?!", fragte er Lasse und zeigte auf das Symbol auf der Tischplatte.

Sein Klassenkamerad zuckte gleichmütig die Schultern.

„Klar. Du sitzt da schon richtig", grinste er und ging weg.

Ronny starrte ihm einen kurzen Moment entgeistert nach. Hielt der das für witzig? Und was genau meinte er? Dann stieß jedoch Silas zu ihm, und Ronny erklärte seinem Freund leise die Zeichen.

„Das melde ich nachher, nach dem Unterricht", schloss er.

Silas nickte ernst.

„Gute Idee!"

Als Frau Kragenbeck zum Geschichtsunterricht erschien, warf sie als Erstes eine Tageszeitung auf den Tisch.

„Guten Morgen, zusammen. Hier ist wieder einmal ein aktuelles Beispiel dafür, dass wir den Kampf gegen das nationalsozialistische Gedankengut noch lange nicht gewonnen haben. Johanna, würdest du uns bitte den Artikel vorlesen?"

Das etwas dickere, schwarzhaarige Mädchen nickte und griff nach der Zeitung. Frau Kragenbeck hatte bereits die richtige Seite aufgeblättert. In dem Artikel unter dem Thema Politik ging es um eine Kölner Schule, an der ein rechtsextremer Klassenchat aufgefallen war. Mehrere Schüler einer zehnten Jahrgangsstufe hatten sich Bildchen und Kommentare hin- und hergeschickt, die eindeutig ausländerfeindlich und antisemitisch waren. Dunkelhäutige Menschen, die von Weißen angepöbelt, geschubst und geschlagen wurden, waren dort zu sehen gewesen, und andere menschenverachtende Abbildungen.

„Besonders schlimm finde ich, dass auch ein Lehrer mitgemacht, ja, das Ganze vielleicht sogar angetrieben hat", sagte die Geschichtslehrerin, als Johanna zu Ende gelesen hatte. „Natürlich wurde der Kollege, ich mag ihn gar nicht mehr so nennen, vom Dienst suspendiert, und die Jugendlichen wurden vom Unterricht ausgeschlossen. Wir Lehrer dürfen keine Propaganda betreiben, sondern müssen die Schüler zu eigenständigem Denken anleiten. Sie sollen in der Schule lernen, wie man gründlich und sachlich recherchiert, damit man sich ein eigenes Urteil bilden kann. Wir haben die jungen Menschen, die uns anvertraut sind, neutral zu erziehen ..."

„Na, Sie sind ja unglaublich neutral!", murmelte Lasse wütend, aber so leise, dass nur sein Banknachbar es hörte.

Das heißt, er hätte es hören können, wenn er nicht zwei fast unsichtbare Stöpsel im Ohr gehabt hätte, über die Rockmusik in seinen Kopf drang.

„Wir wollen heute mal in unsere eigene Nachbarschaft schauen, in das schöne Städtchen Burgenach oder unseren Kreis Brehlweiler. Was meint ihr, wäre so etwas wie die Hitlerjugend damals heute noch denkbar? Mit unseren heutigen Jugendlichen, also mit euch? Könnte man das mit euch machen?"

Lächelnd schaute Frau Kragenbeck in die Runde.

„Na, hoffentlich!", ließ sich Lasse vernehmen. „Wär doch cool."

Diesmal war er etwas lauter gewesen, und die Lehrerin hatte ihn gehört. Ihr Lächeln verschwand augenblicklich. Sie musste sich einen kurzen Moment sammeln. Dann lief ihr Gesicht rot an, und sie hakte nach.

„Habe ich das eben richtig verstanden, Lasse? Du hoffst, dass so etwas wie die HJ heute noch möglich ist?“

Ihre Stimme war bedrohlich ruhig und ihre Schüler hielten den Atem an. Ronny kam plötzlich der Gedanke, dass die 28 auf Lasses T-Shirt auch ein Zahlencode sein könnte. Lasses Banknachbar nahm schnell die Musik aus den Ohren. Er dachte, Frau Kragenbeck hätte ihn etwas gefragt, da sie so in seine Richtung starrte.

„Wie bitte?“, fragte er und fing an zu schwitzen.

„Ja, wie bitte, Marcel, das habe ich auch gerade gefragt. Aber nicht dich, sondern Lasse. Habe ich das richtig verstanden?“, wiederholte sie, nun etwas weniger bedrohlich.

Marcel blickte verwirrt zwischen Lasse und der Lehrerin hin und her. Er wusste überhaupt nicht, worum es ging, und drehte nervös die Earpods zwischen seinen Fingern.

„Ja“, sagte Lasse jetzt laut und trotzig. „Es wird so viel Falsches über die HJ erzählt, und wegen der Bilder da auf den Handys ...“ Er zeigte auf die Zeitung. „Ist doch wahr! Die meisten Ausländer kommen ja nur hierher, um unseren Sozialstaat auszunutzen.“

Der letzte Satz war etwas leiser geraten, so als verließe den Schüler langsam der Mut. Frau Kragenbeck atmete tief durch. Dann nickte sie. Das hier konnte sie nicht unkommentiert stehen lassen. Aber sie war zu fair, um einen Schüler vor der Klasse auseinanderzunehmen. Außerdem dachte sie lieber erst gründlich nach, bevor sie Maßnahmen in die Wege leitete. Immerhin war es möglich, dass Lasse sie nur provozieren wollte und nicht zu Ende gedacht hatte, was er da von sich gab. Sie hoffte es für ihn.

„In Ordnung“, sagte sie. „Lasse, du bleibst bitte nach der Stunde etwas länger. Ich möchte mich kurz mit dir unterhalten.“

Das verschaffte ihr Zeit.

„Aber gerne doch", stimmte Lasse zu.

Seine Stimme klang wieder fester. Ihm war eingefallen, dass er nicht allein mit seiner Meinung war, auch nicht an dieser Schule. Frau Kragenbeck ließ Lasse links liegen und wandte sich der jüngeren Geschichte des Kreises Brehlweiler zu.

Am Nachmittag war wie jeden Dienstag Markt im „Ortszentrum" von Brehl. Es gab zwar nur ein paar Händler, genauer gesagt fünf, die auf dem winzigen Bahnhofsvorplatz standen, aber Mama kaufte absichtlich immer etwas direkt vor Ort, um diesen besonderen Service für das Dorf zu erhalten. Auch sie selbst würde irgendwann älter sein und vielleicht kein Auto mehr zur Verfügung haben. Heute allerdings ließ sie einkaufen, da sie immer noch mit dem Programmtext kämpfte. Silas stand vor dem Obst- und Gemüsehändler, den Zettel in der Hand.

„Mangold", las er leise, sodass sein Onkel neben ihm ihn gerade noch verstehen konnte. Dahinter stand die Zahl 1. „Ist das jetzt ein Gemüse oder kriege ich das am Stand mit den österreichischen Spezialitäten?"

Ratlos blickte der Vierzehnjährige umher. Warum gab es hier überhaupt Spezialitäten aus Österreich? Das kleine Alpenland war weit weg. Kaum zu glauben, dass der Händler hier genauso viel verkaufte wie der Metzger, der Bäcker und der Mann mit dem frischen Fisch. Aber wenn das Geschäft sich nicht lohnen würde, wäre er bestimmt nicht hier.

„Man... Mangold steht da?", fragte Onkel Anton, „d... das ist Gemüse. Gemüse ist das."

„Oh, super", sagte Silas. „Dann stehen wir hier genau richtig."

Auf dem Markt war ganz schön was los. Obwohl es mild und warm war und Silas schon etwas schwitzte, trug die alte

Dame vor ihnen in der Schlange einen langen Mantel, Hut und Halstuch. Sie stützte sich rechts auf ihren Stock und links auf ihren Regenschirm.

„D... Das ist Frau Breuer", sagte Onkel Anton und stupste seinen Neffen an.

Da er nicht gut flüstern konnte, hörte ihn bestimmt auch die alte Dame, selbst wenn sie schwerhörig sein sollte. Silas wurde es noch wärmer. Jetzt drehte sich die Frau auch noch um. Ihr Gesicht war von unzähligen Runzeln und braunen Flecken übersät. Die unteren Augenlider hingen so tief, dass die großen Augäpfel fast herausfielen. Zumindest bekam man den Eindruck, dass sie es könnten. Der nur noch spärlich mit weißem Haar bedeckte Kopf saß auf einem langen, dürren Hals. Doch durch den krummen Rücken waren Hals und Kopf nach vorne gebeugt, und Frau Breuer musste Silas von schräg unten ansehen, obwohl der auch nicht der Größte war. So wie der Kopf der Dame aus dem Mantelkragen ragte, sah es aus, als guckte eine Schildkröte mit Hut aus ihrem Panzer hervor. *Meine Güte, die Frau muss mindestens 100 Jahre alt sein!,* dachte Silas und schämte sich sofort für den Schildkrötenvergleich.

„Guten Tag, Herr Schmickler", grüßte die alte Dame höflich.

„G... Guten Tag", sagte Onkel Anton.

„Wohnen Sie auch hier, junger Mann?", richtete sich Frau Breuer an Silas und sah ihn mit ihren grauen Augen aufmerksam an.

„J... Ja, seit Kurzem", antwortete Rahels Bruder.

Frau Breuer kam vertraulich näher.

„Ich bin eigentlich aus Kripp und hier in Brehl nie richtig heimisch geworden", erklärte sie.

Der Stadtteil Kripp lag gar nicht weit entfernt, und Silas wusste, dass er zu Remagen gehörte. Frau Breuers Heimat lag also gleich um die Ecke!

„Wie lange wohnen Sie denn schon hier?", erkundigte er sich trotzdem freundlich.

„Ach, erst seit 1970", antwortete Frau Breuer trocken und meinte es ernst.

Silas blieb die Spucke weg. 1970 war nicht einmal Papa geboren gewesen! Aber über 50 Jahre schienen für Frau Breuer kein langer Zeitraum zu sein. Wie konnte man sich da immer noch nicht heimisch fühlen?! Noch dazu, wenn man aus der Nähe kam ...

„Frau Breuer hat keinen Mann", sagte Onkel Anton, als würde das die Heimatlosigkeit erklären.

Silas schloss kurz die Augen. Manchmal war sein Onkel mit seiner Ehrlichkeit und dem fehlenden Taktgefühl superpeinlich. Aber Frau Breuer schien sich daran nicht zu stören.

„Ja, das stimmt", gab sie Anton recht.

Ungefragt berichtete sie auch darüber, dass sie vor langer Zeit einen Bewerber abgelehnt hatte, den schon ihre Schwester nicht hatte haben wollen. Ihre trüben Augen glitzerten.

„Da meint der, ich nehme wen, der meiner Schwester nicht gut genug war", empörte sie sich, als sei es gestern gewesen, obwohl das Ganze bestimmt noch länger her war als ihr Umzug nach Brehl. „Nein danke, da bleibe ich lieber allein."

„Ach, Sie haben eine Schwester?", fragte Silas, ehe ihm klar wurde, dass es wohl an ein Wunder grenzen musste, wenn die ebenfalls noch unter den Lebenden weilte.

Frau Breuers Gesicht verzog sich plötzlich. Es schien noch mehr Runzeln zu bekommen, und der listige Glanz in ihren Augen erlosch. Abrupt drehte sie sich zum Gemüsehändler um.

„Das geht dich gar nichts an, junger Mann", murmelte sie. „Gar nichts."

Offenbar schien damit die Unterhaltung für sie erledigt zu sein. Silas hätte sich am liebsten auf die Zunge gebissen, aber es war zu spät. Nun war er selbst peinlich. Der Boden schien unter seinen Füßen zu brennen.

„Ein Kilo Mangold, bitte!", sagte Rahels Bruder, als Frau Breuer fertig und er endlich an der Reihe war. „Und 500 g braune Champignons."

Zum Glück hatte er diesen unangenehmen Moment vergessen, als er sich nur wenig später mit den anderen Detektiven in der Zentrale der Detektei Anton traf. Rahel hatte es bereits auf dem Weg hierher geschafft, alle mit ihrer Begeisterung anzustecken. Auch Sophia, die seit dem Sommer als fünfter Detektiv zu ihnen gehörte und hier mitten im Wald in ihrem tadellosen Outfit irgendwie fehl am Platz wirkte, brannte darauf, den Bunker zu erkunden. Der Kampfmittelräumdienst war schon heute und damit viel schneller als erwartet fertig geworden und hatte die Fundstelle freigegeben. Morgen wollte Opa mit Onkel Anton ein paar Bretter vor dem Eingang befestigen. Bis die bestellte Tür geliefert würde, musste das zur Absicherung ausreichen. Deshalb sollten sie heute die noch halb verschüttete Öffnung einigermaßen freischaufeln, und sie hatten auch vor, den Boden der beiden Räume von der dünnen Erdschicht zu befreien und grob zu fegen. Die Detektei hatte also Opas und Mamas offizielle Erlaubnis, die alte Verteidigungsstellung zu betreten. Ein paar Schaufeln, einen Spaten und Besen hatte Opa ihnen schon mit Gerd, seinem alten Trecker, zum Bus gebracht.

„Mann, Rahel, lass das!", schimpfte Silas gerade mit seiner Schwester, die ihm mit der starken Taschenlampe direkt ins Gesicht geleuchtet hatte.

„Spielverderber", sagte Rahel, knipste die Lampe aber aus und sprang auf.

„Das ist nicht gut für die Augen!", beschwerte sich ihr Bruder.

Rahel verzog den Mund.

„Sorry. Gehen wir jetzt endlich?“

„Klar“, sagte Sophia und griff sich die größte Schippe.

Als sie sie auf die Schulter schwang, schwankte sie und kämpfte kurz, bis sie das Gleichgewicht wiedererlangt hatte. Ronny musste grinsen. Es sah aus, als hätte ein Zwerg einem Riesen sein Gartengerät geklaut.

„Ich glaube, die nehme ich“, sagte er schnell, nahm dem zierlichen Mädchen das Werkzeug wieder ab und reichte ihr die Campinglampe und einen Besen.

„Okay“, gab Sophia erleichtert zu und lachte. „Ist wohl besser so!“

Im Stillen fragte sie sich, wie sie die Erde wegschaufeln sollte, wenn schon das Werkzeug so schwer war.

Von ihrem Bus bis zum Sonnenhang war es nicht weit. Bald hatte der kleine Arbeitstrupp die Baustelle erreicht. Onkel Anton war mit Caruso schon heute Morgen aufgebrochen und hatte bereits zwei der kleineren umgestürzten Bäume zum Waldweg hinuntergezogen. Er war immer noch dabei, sie mit einer Säge zu entasten, und ließ sich nicht stören. Hier im Wald war er in seinem Element. Nur der Riesenschnauzer sprang auf die Kinder zu und begrüßte sie schwanzwedelnd. Ronny bemühte sich, furchtlos zu wirken. Aber sein Herz klopfte, als Caruso kurz an seiner Hand schnupperte.

„Die Mädchen gehen rein und schieben die Erde im Bunker zusammen. Wir schaufeln den Eingang frei, dann kann der Rest auch raus“, teilte Silas die Arbeiten ein, der wusste, was Opa erwartete.

Er hatte den letzten Satz kaum ausgesprochen, da stürmte seine Schwester schon den Hang hoch. Mit ihrer Taschenlampe leuchtete sie in die größtenteils im Erdreich verborgenen Räume, bevor sie über die Erde ins Halbdunkel stieg.

„Rahel, warte!“, rief Sophia ihr nach. „Ich habe Licht.“

Ihre Freundin drehte sich um.

„Ich auch!", sagte sie.

Sophia schnaufte, als sie Rahel erreicht hatte.

„Puh! Das sieht aber gruselig aus", sagte sie nach einem Blick in den Bunker.

Rahel nahm ihr wortlos die Campinglampe ab und schaltete sie ein. Dann streckte sie die Hand aus und half Sophia über den kleinen Erdhügel hinweg. Ihre Freundin benutzte den Besen als drittes Bein und atmete vorsichtig ein.

„Riecht muffig hier", stellte sie fest und guckte unglücklich.

„Klar, hat ja auch über 70 Jahre keiner gelüftet", grinste Rahel.

Sie ging mit der Lampe in der Hand ein paar Schritte weiter, aber außer kahlen Wänden, Erde und modrigem Laub auf dem Boden war nicht viel zu sehen. Fenster gab es natürlich keine und Möbel auch nicht. Die Mörsergranaten waren ordnungsgemäß entsorgt. Sophia schüttelte sich.

„Irgendwie fühlt man sich eingesperrt hier", behauptete sie, als die Jungs an der Türöffnung erschienen.

„Ich finde es auch nicht gemütlich", sagte Ronny.

„Und das will was heißen!", murmelte Rahel.

„Was habt ihr erwartet?", fragte Silas, ehe sich Ronny für die Stichelei revanchieren konnte. „Bunker hatten eine Funktion zu erfüllen. An Wohnkomfort hat da keiner gedacht."

Silas' Schwester war enttäuscht. Sie hatte sich das Ganze wesentlich interessanter vorgestellt. Hier gab es in der Tat nicht mehr viel zu entdecken. Der Kampfmittelräumdienst hatte ganze Arbeit geleistet, nicht einmal eine winzige Patronenhülse blitzte im Licht der Lampe auf. Aber vielleicht draußen über oder unter dem Bunker?

„Lass uns schnell machen", meinte Rahel und schwang den Besen. „Je eher wir hier drin fertig sind, desto besser!"

Zwei Stunden Schufterei und viele Schweißtropfen später war der Bunkerboden gesäubert und der Eingang freigeräumt. Rahel hatte Erde im Gesicht und unter den Fingernägeln. Sophia dagegen sah auch nach der Arbeit aus, als käme sie gerade frisch gestylt aus dem Badezimmer. Wie machte sie das nur?

„Fertig!", verkündete Silas und wischte sich über die Stirn.

Am liebsten hätte er sich das nasse T-Shirt vom Leib gerissen. Ronny ließ seine Schippe fallen. Nur Onkel Anton, der zu ihnen gestoßen war, nachdem er die Bäumchen fein säuberlich zerlegt hatte, stocherte immer noch mit der Schaufel vor dem Eingang zum Bunker in der Erde herum.

„He, Anton", sagte sein Neffe. „Es reicht! Du kannst aufhören. Wir sollten den Eingang nur freilegen und kein Loch davor buddeln. Du bist schon zu tief im Boden. Bestimmt zwanzig Zentimeter."

„D... Das m... muss weg hier, ha... hat Papa gesagt. D... das muss alles weg", wehrte Anton ab und schaufelte unbeirrt weiter.

„Ja, aber wenn du so weiter gräbst, muss man bald zum Eingang hochklettern", witzelte Ronny.

In diesem Moment stieß Onkel Antons Werkzeug auf etwas, das hier nicht in den Waldboden gehörte.

EIN UNSCHEINBARES KÄSTCHEN

„Da... Da is was!", rief Onkel Anton aus und stieß mit seiner Schaufel nach dem Fremdkörper im Erdreich.

Caruso schnüffelte kurz an dem Ding und wandte sich dann ab. Dieses Etwas war weder essbar, noch enthielt es Drogen. Somit war es nicht nur für jeden normalen Hund uninteressant, sondern selbst für einen Suchtmittelspürhund wie ihn.

„Vorsicht, damit du es nicht kaputt machst!", sagte Silas, und Anton stoppte seine Schaufel in der Luft, bevor sie noch einmal den Gegenstand traf.

Sofort rückten auch die drei anderen Detektive näher. Neugierig stellten sie sich im Halbkreis um die Vertiefung auf, die Anton Schmickler vor dem Eingang geschaffen hatte.

„Da... Da is was drin!", wiederholte der kräftige Mann und zeigte jetzt mit dem ausgestreckten Zeigefinger in das Loch.

„Das kann nicht sein!"

Silas traute seinen Augen nicht.

„D... Doch, das siehste doch. Da... da ha... hat einer was vergraben!", erklärte sein Onkel ungeduldig.

„Aber der Räumdienst hat hier jeden Stein umgedreht, die übersehen doch nichts! Sie haben Metalldetektoren.

Suchgeräte, die Metall melden, selbst wenn es Meter tief im Boden ist! Oder?"

Silas schüttelte verwirrt den Kopf.

„Dann ist das hier wohl kein Metall", stellte seine Schwester fest.

Sie kniete bereits am Boden und wühlte mit bloßen Händen im Erdreich. Ihr Onkel hatte sich auf den Stiel seiner Schaufel gestützt und guckte zu. Bis jetzt waren nur der fast quadratische braune Deckel sowie ein Teil der Seitenwände eines Kästchens zum Vorschein gekommen. Vielleicht handelte es sich auch nur um einen großen Holzwürfel. Denn noch war kein Verschluss oder Schloss zu sehen. Sophia verzog das Gesicht.

„Pass auf deine Hände auf, Rahel!", sorgte sie sich um die Freundin.

„Ja", knirschte die mit zusammengebissenen Zähnen.

Der Boden war in dieser Tiefe ziemlich hart, und ihre Fingerkuppen taten bereits weh. Sie verschnaufte kurz und machte etwas langsamer weiter. Ronny hockte sich neben sie.

„Soll ich es nicht lieber noch mal mit dem Spaten versuchen?", fragte er.

Dankbar für Ronnys Angebot zog Rahel die schmerzenden Hände zurück.

„Okay, aber vorsichtig", mahnte sie.

Trotzdem klang ihre Stimme erleichtert. Ein paar Fingernägel waren ihr bereits abgebrochen, und selbst Rahel sah ein, dass es so keinen Zweck hatte. Hier musste jemand mit Werkzeug ran. Das Mädchen stand auf und rieb die Hände aneinander, um sie grob zu säubern. Erde rieselte auf den Boden. „Hier!", sagte Sophia und reichte ihrer Freundin einen alten Stofflappen.

Rahel griff danach. Aber statt beim Abwischen auf ihre Hände zu achten, beobachtete sie ungeduldig, wie Ronny den

Spaten in das Erdreich stieß und langsam Schicht für Schicht um das Kästchen entfernte. Fünf Minuten später war es Rahel gelungen, die Erde auf ihren Händen gleichmäßig zu verteilen. Sophia runzelte die Stirn. Wie konnte es sein, dass jetzt Finger und Lappen noch schmutziger aussahen als vorher? Ronny dagegen hatte das Fundstück fast freigelegt. Er hielt kurz inne und drückte seinen Rücken durch. Als er gerade wieder anfangen wollte zu graben, warf Rahel den schmutzigen Stofffetzen zu Boden.

„Das reicht!", rief sie entschieden, warf sich erneut auf die Knie und legte ihre Hände um das Kästchen.

Sie ruckelte etwas daran, dann konnte sie es schon aus dem kleinen Loch heben, das Ronny gegraben hatte. Doch der Holzklotz war schwerer als erwartet. Er rutschte Rahel beim ersten Versuch aus den Händen und zurück in die Vertiefung. Beim zweiten Mal griff sie fester zu. Kurz darauf hielt Silas' Schwester den würfelförmigen Gegenstand andächtig auf dem Schoß. Dann versuchte sie, die restliche Erde zu entfernen.

„Entweder ist das Ding hier sehr dickwandig oder aus massivem Holz oder ... oder der Inhalt ist so schwer", stellte sie fest.

„Jedenfalls sind Oberseite und Wände total glatt. Da ist nirgendwo eine Öffnung, oder?", fragte Ronny.

Rahel drehte den Würfel vorsichtig um, aber auch von unten war nichts zu sehen.

„Nö", machte das Mädchen.

Silas' Magen knurrte laut.

„Äh, wollen wir das Ding nicht im Bus aufmachen?", schlug er vor. „Ich meine, falls es sich überhaupt öffnen lässt. Jedenfalls ist es in der Zentrale bequemer, und wir könnten ein paar Kekse dazu essen."

„I... Ich nehm einen Kakao!", bestellte Anton mit erhobenem Zeigefinger.

Dann drehte er sich um. Ohne auf die anderen zu warten, marschierte er mit seiner Schaufel den Hang hinunter und hielt auf den Wanderweg zu. Dort unten drehte er sich zu den Jugendlichen um.

„Ha... Haste gehört, Rahel?", rief er und grinste breit. „Kakao!"

„Ja, ja, schon gut", gab Rahel nach und seufzte. „Den hat er sich wirklich verdient. Wir hätten niemals so tief gegraben."

Die Detektive sammelten die restlichen Werkzeuge ein und folgten dem Onkel der Schmickler-Geschwister. Rahel hielt das Kästchen fest unter ihren Arm geklemmt. Am roten Caritas-Bus angekommen kramte Silas einen alten Handfeger hervor. Während Rahel Kakao kochte, säuberte ihr Bruder den Holzwürfel von den letzten Erdresten. Jetzt erkannte man ab und zu hellere Flecken auf der Oberfläche.

„Da… das ist lackiert!", rief Onkel Anton plötzlich. „Der... Der Lack ist abgeplatzt. D... Dann sieht das so aus." Sein Finger zeigte auf das Kästchen. „... Und das ist Eiche. Eiche ist das, Rahel!"

Diesmal verzichtete er auf das übliche „Haste gehört?", aber er sprach trotzdem nur zu seiner Nichte, obwohl die immer noch hinten an der Ladefläche mit dem Campingkocher hantierte. Sophia stand bei ihrer Freundin und hatte für sie den kleinen roten Hahn am Wasserkanister auf- und zugedreht, während Rahel sich die Hände wusch. Endlich waren sie wieder annähernd sauber.

„Eichenholz?! Deswegen ist das so schwer!", stellte Silas fest.

Rahel schaute drohend um die Ecke.

„Wehe, ihr macht das ohne mich auf!", warnte sie und verschwand kurz.

Dann kam sie wieder hervor und balancierte zwei Tassen mit lauwarmem Kakao zu dem ausgeklappten Tisch im Bus.

Anton und Silas griffen danach. Für sich und die anderen beiden holte Rahel Fassbrause aus dem Auto. Ihr Bruder hielt schon einen großen Keks in der Hand, als sie erneut im Fahrgastraum ankam. Die Dose mit den Cookies stand offen auf dem Tisch neben dem Fundkästchen. Jetzt, nachdem es fast sauber war, konnte man einen winzigen Spalt zwischen Holzdeckel und Korpus erahnen.

„Wow!“, sagte Silas mit vollem Mund. „Das ist ganz schön exakt gebaut.“

„Da... Das hat ein Künstler geschreinert. Ein Kü... Künstler!“, behauptete sein Onkel.

Er trat an den Tisch und versuchte, den Deckel abzuheben.

„Da... Das geht nich!“, stellte er kurz darauf fest. „Das geht nich ab.“

„Das muss gehen“, behauptete Rahel. „Halt mal fest. Man braucht nur mehr Kraft. Das Holz ist in dem feuchten Boden bestimmt ein bisschen aufgequollen. Deswegen klemmt es.“

Anton legte seine kräftigen Hände um den Korpus des Kästchens, und Rahel zog gleichzeitig an dem Deckel. Er bewegte sich immer noch nicht. Keinen Millimeter rückte er nach oben.

„Vi... Vielleicht is da gar nix drin“, meinte Onkel Anton.

„Dann hätte man sich wohl nicht die Mühe gemacht, es hier zu vergraben“, widersprach Silas. „Es war doch vor dem Eingang im festen Boden verbuddelt und lag nicht in dem abgerutschten Teil.“

„Lass mich mal versuchen“, bat Ronny.

„Aber bitte, Watson“, sagte Rahel.

Sie trat zurück und verzog skeptisch den Mund. Ronny mit seiner großen Hand konnte den Deckel von oben ganz umfassen. Er zog und ruckelte. Nichts. Er drehte das Kästchen und klopfte auf alle Seiten.

„Was gibt das, wenn’s fertig ist?“, fragte Rahel.

Doch Ronny zog wortlos sein Taschenmesser aus der Hosentasche und klappte es auf. Mit der Klinge fuhr er vorsichtig in den Schlitz und versuchte, den Deckel nach oben zu hebeln, ohne etwas kaputt zu machen. Als er einmal ganz herum war, umfasste er den Deckel zum zweiten Mal mit der ganzen Hand und zog, während Anton festhielt. Plötzlich gab das Holz nach und glitt nach oben.

„Na, siehst du, Sherlock, Watson musste nur seine magischen Hände auflegen", triumphierte Ronny.

„Kunststück, wir hatten ja auch schon vorgearbeitet", gab Rahel zurück.

Ronny widersprach nicht. *Du hast recht, und ich habe meine Ruhe,* dachte er sich. Dieses Motto stand heute auch auf seinem T-Shirt, und Silas' Schwester hatte es garantiert schon gelesen. Das Ding auf dem Tisch war viel zu interessant, um Zeit mit einem Streit zu verschwenden. Also starrte er wortlos mit den anderen vier Detektiven in das geheimnisvolle Kästchen. Von innen war es ganz hell und trocken. Eine seltsame Scheu ergriff sie. All das hier hatte einmal einem Menschen gehört und ihm etwas bedeutet! Vielleicht war dieser Mensch nicht mehr am Leben, denn der Eingang des Bunkers war sehr lange verschüttet gewesen. Nicht einmal Opa hatte von seiner Existenz gewusst. Sophia schluckte, und Silas räusperte sich. Ronny war etwas enttäuscht, denn er sah weder Gold noch Silber. Stattdessen starrten die Detektive auf drei verschiedene Gegenstände, die auf einem Stapel Schwarz-Weiß-Fotos lagen: ein kleiner Vogel aus rötlichem Ton, der ein großes Loch im Rücken und ein kleines am Ende der Schwanzfedern hatte, ein seltsamer Ring aus geflochtenem Leder und ein kleines Schmuckstück aus Blech. Das war nicht viel, aber es musste jemanden sehr wichtig gewesen sein, sonst hätte er sich nicht die Mühe gemacht, es hier zu verstecken.

„Darf ich?“, fragte Silas als Erster.

Als alle nickten, griff er nach dem Schmuckstück. Die Vorderseite war aus Metall und bestand aus drei durchbrochenen Buchstaben in einem rechteckigen Rahmen. Die Großbuchstaben B, D und M waren deutlich zu erkennen.

„D... Das ist Messing!“, warf Onkel Anton ein.

Hinter den Messingbuchstaben war ein rot-weiß-rot längs gestreiftes Band angebracht. Es sah aus wie eine Mini-Flagge Österreichs. Nachdenklich drehte Silas das kleine Ding um. Auf der Rückseite befand sich ein einfacher Blechstreifen mit einer waagerechten Anstecknadel.

„Das ist ein Anstecker!“, sagte er. „Oder eine Brosche.“

„Aber nicht besonders hübsch für ein Schmuckstück“, meinte Sophia. „Da nimmt man doch Silber oder Gold.“

Rahel hatte mittlerweile das oberste Foto unter dem Vögelchen und dem Lederring hervorgezogen und aus dem Kästchen genommen. Ein paar blonde Mädchen in kurzärmeligen weißen Kragenblusen und langen, dunklen Röcken standen wie Soldaten nebeneinander. Sie trugen fast alle dieselbe Frisur: einen exakt gezogenen Mittelscheitel und geflochtene Zöpfe.

„Guckt mal hier“, sagte Rahel und tippte auf das Foto. „Das ist genau so ein Ring wie der in dem Kästchen.“

Sophia beugte sich über das Bild.

„Tatsächlich! Und die Mädchen haben ihn benutzt, um ihr Halstuch damit zusammenzuhalten."

Rahel nickte.

„Jedes Mädchen hat so ein dunkles, gefaltetes Tuch um den Hals. Sieht fast aus wie ein Schlips."

Sophia griff nach dem dunklen Lederring und drehte ihn vorsichtig in den Händen.

„Er ist vierfach geflochten", stellte sie fest. „Etwas größer als ein Serviettenring."

„Guck mal, die zwei ganz rechts sehen aus wie Zwillinge", meinte Ronny, der nicht laut fragen wollte, wozu Servietten einen Ring brauchten. Er war aufgestanden und musste den Kopf einziehen, um nicht an das Dach des Busses zu stoßen. Jetzt schaute er über Rahels Schulter auf das Foto.

„Und eine davon trägt so eine Brosche wie die, die Silas da gerade in den Händen hält, siehst du?"

„Natürlich sehe ich das", sagte Rahel.

Sie drehte das Foto um. Auf der Rückseite stand nur eine mit der Hand geschriebene Zahl: 1943.

„Zwei Jahre vor Ende des Krieges", sagte Silas nachdenklich. Er hielt immer noch den Anstecker in der Hand. „Was hieß noch mal BDM?"

„War das nicht der ‚Bund deutscher Mädchen?', fragte Ronny.

„Ah ja, richtig", bestätigte Silas. „Bund deutscher Mädel."

„Stimmt, ‚Mädel'", murmelte Ronny. „Die weibliche Hitlerjugend. Da war doch was heute Morgen."

„Was denn?", fragte Sophia, aber keiner der Jungs antwortete. Ronny dachte kurz daran, dass er vergessen hatte, Frau Kragenbeck die Wolfsangel zu zeigen. Mist!

„Das sind alles Nazi-Mädchen!", sagte Rahel und griff nach dem nächsten Foto, das dem ersten sehr ähnlich war.

„Nein, nicht alle waren Nazis“, widersprach Silas. „Und das hier ist wahrscheinlich so eine Art Sportabzeichen.“

Er hielt sich jetzt die Brosche direkt vor die Augen.

„Da ist eine Nummer drauf: 87126. Außerdem ein rundes Zeichen mit den Buchstaben RZM und dann steht da noch: M / 15.“

Ronny nahm seinem Freund das Abzeichen aus der Hand.

„Dazu finden wir ganz bestimmt was im Internet. Es gibt Typen, die sammeln und verkaufen so Dinger. Wer weiß, vielleicht kriegt man ein paar Euro dafür.“

„Kann schon sein, Ronny, aber es gehört uns nicht!“, erinnerte Silas seinen geschäftstüchtigen Freund.

„Hier ist noch ein Brief!“, sagte Sophia leise.

Sie nahm den vergilbten Umschlag in die Hand, der bis eben unter den Fotos gelegen hatte, die Rahel nun alle in der Hand hielt. Der Gedanke, dass dieses Schreiben vielleicht mehrere Jahrzehnte alt war, ließ sie flüstern. Auch die anderen Detektive verstummten.

„Er ist nicht frankiert“, meinte Silas schließlich.

Sophia schüttelte den Kopf.

„Aber zugeklebt ... und ... und die Adresse ist drauf!“, murmelte sie fast unhörbar.

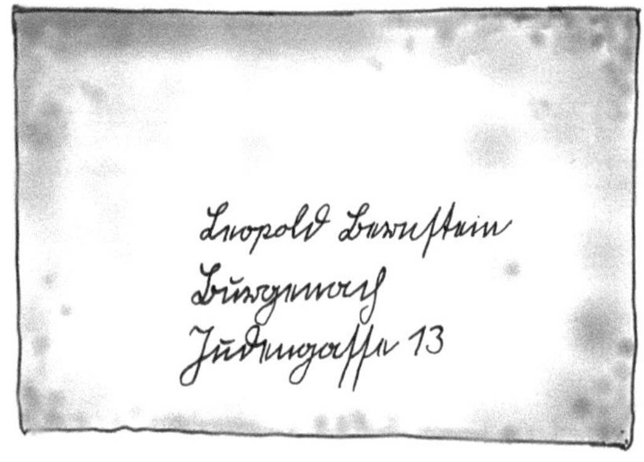

„Absender?“, fragte Rahel.

Sophia drehte den Brief um und schüttelte den Kopf.

„Fehlanzeige“, sagte Ronny. „Willst du ihn nicht aufmachen?“

„Er gehört uns nicht!“, wiederholte Silas seinen Spruch von eben.

„Nein, aber vielleicht finden wir so heraus, wem das Kästchen gehört“, versuchte Ronny, Silas zum Nachgeben zu bewegen. „Dann können wir es zurückgeben.“

Er grinste, als hielte er das für eine verrückte Idee, die für seinen Freund allerdings selbstverständlich war.

„Vielleicht reicht dafür die Adresse“, wehrte Silas trotzdem noch ab.

Sophia starrte auf den Umschlag.

„Die kann ich nicht lesen“, meinte sie.

„I... Ich erst recht nicht“, gab Onkel Anton zu.

Er hatte schon genug Probleme mit der normalen Schrift. Silas überlegte gerade, ob Opa die seltsamen Buchstaben vielleicht lesen konnte, da fuhr Ronny schon wieder dazwischen.

„Wenn da keine Marke drauf ist, wurde der Brief nie abgeschickt, richtig?“, fragte er.

Silas nickte.

„Vielleicht wollte der Briefeschreiber also gar nicht, dass er ankommt. Dann wäre es nicht nett von uns, ihn dem Adressaten zu geben“, gab sein Freund zu bedenken.

Silas runzelte die Stirn, doch Rahel kam ihm zuvor.

„Wer ist für öffnen?“, fragte sie in die Runde und hob sofort die Hand.

Ronny und Onkel Anton taten es ihr nach.

„Überstimmt!“, stellte sie fest.

Sie legte die Fotos zurück in das Kästchen und griff nach dem Brief. Silas gab auf, und Ronny reichte Rahel sein Taschenmesser. Kurze Zeit später war der Umschlag geöffnet, und

Rahel zog einen Bogen Papier heraus. Er war fein säuberlich mit schwarzen Buchstaben beschrieben. Aber natürlich hatte der Verfasser dieselbe Schrift benutzt wie vorne auf dem Umschlag. Auch davon konnten die Jugendlichen kein Wort lesen.

„Das hätten wir uns auch denken können", seufzte Silas.

Doch Rahel war nicht gewillt aufzugeben. Sie tippte auf den Briefanfang und auf das Ende.

„Kommt, Leute! Was schreibt man denn immer am Anfang? ‚Liebe' oder ‚Lieber sowieso' und unten drunter ‚Dein' oder ‚Deine'. Das heißt, wir kennen ein paar Buchstaben." Sie überlegte kurz. „b, D, e, i, L und n", zählte sie auf. „Das sind eine ganze Menge! Der Rest ist im Grunde jetzt nur wie ein Rätsel. Genau richtig für die Detektei Anton! Wir kriegen bestimmt heraus, wem das gehört hat, und versuchen, es dem Eigentümer oder seiner Familie zurückzugeben", schlug sie vor.

„Einverstanden!", sagte Silas erleichtert.

Sophia holte Stift und Papier aus ihrem Rucksack und begann damit, die Buchstaben abzumalen und dann in die moderne Schrift zu übersetzen. Sie wirkten seltsam zackig, aber e und n konnte man gut erkennen. Das große L und das kleine i und b sahen sogar genauso aus wie in der heute gebräuchlichen Handschrift.

„Es ist eine Verfasserin!", sagte Sophia überrascht. „Sie unterschreibt mit ‚Deine', also suchen wir nach einer Frau. Und der Adressat ist ein Mann. Das ‚Lieber' kann man fast auf Anhieb erkennen, auch wenn das r wie ein w aussieht."

„Na, hoffentlich ist das kein Liebesbrief!", scherzte Ronny.

Anton lachte sofort albern los. Er rieb sich die Hände und sagte: „Liebesbrief! Liebesbrief!"

Dann kicherte er. Rahel schmunzelte, aber Sophia und Silas blieben ernst. Rahels Freundin war zu konzentriert, um zu lachen. Sie versuchte, die Adresse aus den nun bekannten

Buchstaben zusammenzusetzen und auch die Namen über und unter dem Brief.

„Ich glaube, hier steht zuerst die Stadt und dann die Straße", überlegte Silas. „Das hier ist bestimmt die Hausnummer. 13, das steht doch immer hinter dem Straßennamen."

„Es heißt Leopold!", rief Sophia dazwischen. „Lieber Leopold!"

Ronny beugte sich ebenfalls aufgeregt über den kleinen Tisch.

„Wenn wir drei Vokale haben: i, e und o, dann kommt jedenfalls keiner davon in dem Frauennamen vor."

„Das sind zwei a!", war sich Sophia sicher. „Und das mit dem Bogen obendrüber ist ein u! Es sieht ja auch fast aus wie bei uns!"

„Wahrscheinlich ist der Bogen zur Unterscheidung von n und u. Sonst sehen die nämlich total gleich aus", stimmte Ronny zu.

„Wie heißt die Frau dann?", fragte Silas.

Sophia malte die Buchstaben, die sie kannten, und ein t dazwischen.

„Ich glaube, das ist ein t, sieht jedenfalls so aus. Lücke ... *art* ... Lücke ... *a*. Kennt jemand so einen Frauennamen? *Art ... a?*", fragte sie.

„Martha?", rief Silas plötzlich. „Natürlich! Diese komischen Kringel sind ein großes M und dazwischen kommt ein h!"

Die anderen stimmten ihm sofort zu.

„‚Deine Martha' schreibt also an ‚Lieber Leopold'", fasste Rahel zusammen. „Wir sind gut! Fehlen nur noch die Straße und der Ort. Wir haben ..."

„Zuerst den Ort und dann die Straße", wiederholte Silas.

Da alle so beschäftigt waren, hatte Anton das hohle Vögelchen unbemerkt aus dem Kästchen genommen. Vorsichtig hielt er es in der Hand und verließ den Bus, um zum Wasserkanister auf der Ladefläche zu gehen.

„*L u r ... ena ...*", buchstabierte Sophia.

„Nein!" Silas schüttelte den Kopf. „Das hier ist kein L, es sieht nur fast so aus wie der Anfang von *L... Lieber* oder *L... Leopold,* nicht genauso. Es muss also ein anderer Buchstabe sein. Und dieser Buchstabe dazwischen, den kennen wir doch auch. Er sieht fast aus wie ein g. Versuch es doch mal mit g."

„*...urgena...*", schrieb Sophia.

„Burgenach!", flüsterte Rahel. Sie war vor Schreck blass geworden. Der Empfänger oder seine Familie könnten tatsächlich erreichbar sein. „Wow!"

Sophia schrieb bereits an der Straße. *Ju...enga...e 13* stand auf dem Papier, denn auch das große J war identisch mit dem modernen Buchstaben.

„Hat jemand eine Idee?", fragte sie in die Runde.

„Zwischen a und e ist zweimal derselbe Buchstabe. Sieht aus wie f. Gaffe?! *Ju...engaffe 13?*", schlug Silas vor. „Juhengaffe, Jubengaffe ...?!"

„Judengaffe!", warf Ronny ein.

„Juden, klar!", sagte Silas und schlug sich vor die Stirn, „das könnte ein d sein, aber ... gaffe? So heißt doch keine Straße! Judengasse heißt das! Das muss ein doppeltes s sein!"

„Judengasse, logisch!", meinte Rahel.

„Nein, es gibt keine Judengasse in Burgenach", dämpfte Ronny die Begeisterung.

„Sicher?", fragte Sophia.

„Ganz sicher."

„Mist!", sagte Rahel.

Sophia tippte noch auf das Datum, das oben rechts in die Ecke gekritzelt war. Es passte nicht so recht zu dem ordentlichen Brief.

„März 1945", las Rahel vor, und das musste es wohl heißen. Es gab keinen anderen Monat, der mit *Mär* anfing.

In diesem Moment war Onkel Anton wieder an die Schiebetür des Busses gekommen. Er hielt den Tonvogel in der Hand, den er am Kanister mit Wasser aufgefüllt hatte, und pustete nun in das kleine Loch in den Schwanzfedern. Täuschend echtes Vogelgezwitscher erklang. Caruso bellte sofort los. Überrascht sahen die anderen Detektive auf, die immer noch das Datum angestarrt hatten.

„Da... Das is ne Wasserpfeife. Da... Das hatte man zum Spielen früher. Pa... Pa... Papa hat auch so eine!", verkündete Anton und pustete wie zur Bestätigung noch einmal in das Kinderspielzeug.

„Na, wenigstens gab es damals auch harmlose Sachen", seufzte Silas. „Klingt wirklich nett."

Anton zwitscherte weiter, und Caruso fing an zu jaulen, wie wenn Mama ihre Gesangsübungen absolvierte. Silas musste lachen.

„Kommt, wir packen zusammen!", schlug er vor, nachdem er auf die Uhr geguckt hatte. „Wir haben jetzt so lange für die paar Wörter gebraucht. Es geht bestimmt schneller, wenn wir Opa fragen, was das für eine Schrift ist. Vielleicht gibt es das Alphabet im Internet oder er kann uns den Brief vorlesen."

„Gute Idee", sagte Sophia.

Sie nahm Rahel vorsichtig den Brief aus der Hand, faltete ihn sorgfältig zusammen und steckte ihn zurück in den alten Umschlag. Um den Umschlag ordentlich wieder nach ganz unten zu legen, packte sie die Fotografien, den Lederring und die Anstecknadel noch einmal aus. Dann stutze Sophia.

„Hey, was ist das?!", sagte sie und zog das Kästchen näher.

Ganz unten auf dem hölzernen Boden glitzerte ein kleines silbernes Kettchen. Es war so kurz, dass es eher ein Armband als eine Kette war. Sophia nahm es heraus. An dem Kettchen war ein kleines, schmales Plättchen befestigt, auf dem ein Wort stand. Es war mit filigranen Buchstaben hineingraviert.

„Ein Name!", sagte Sophia. „Wir kennen die vier Buchstaben, aus denen er zusammengesetzt ist. M... Ma... Maria!"

Ronny nickte und sah auf die Rückseite des Plättchens.

„Ja, und vermutlich ist Maria am 28.11.1928 geboren."

DEINE MARTHA

Opa Peter saß in dem alten Schaukelstuhl und starrte stumm auf das Foto mit den Mädels der Hitlerjugend. Es sah fast aus, als sei ihm etwas auf den Magen geschlagen, aber an Mamas Abendbrot lag das bestimmt nicht. Das Käsesoufflé und die Crème Caramel waren perfekt gewesen. Auch, wenn es die Geduld der Detektive auf eine harte Probe gestellt hatte.

„Erst das Essen, dann die schmutzige, alte Schatulle auf den Tisch!", hatte Frau Schmickler angeordnet, und Rahel wusste, dass es ihr todernst war. Wenn Mamas rechte Augenbraue leicht nach oben wanderte, war jede Diskussion zwecklos.

„So ein Jammer", sagte Opa gerade. „Es waren ganz normale Kinder und Jugendliche." Er schüttelte bedauernd den Kopf. „Genau wie ihr, sogar in eurem Alter. Junge Menschen auf der Suche nach Sinn und Halt im Leben. Sie hatten Wünsche und Träume genau wie ihr."

„Und wie die, die nach der Lehre der Nazis als minderwertig galten", wagte Sophia leise einzuwerfen.

„Ja, wie wir und wie ihre Opfer und Gegner", sagte Silas.

Ronnys Wünsche und Träume konzentrierten sich im Moment auf seinen neuen Computer und ein gewisses

Mädchen. Er hatte sein Notebook aufgeklappt und schielte hin und wieder zu Sophia.

„Ja, natürlich", bestätigte Opa. „Sie sind auf eine Ideologie hereingefallen, die ihnen geschmeichelt hat, eine falsche Weltanschauung, eine Irrlehre, die zu so viel Leid geführt hat."

Seufzend legte er das Foto auf die Seite. Die anderen Gegenstände hatte er ebenfalls schon genau angeguckt.

„Es ist traurig, wenn man bei der Suche nach Wahrheit auf eine grausame, menschenverachtende Lüge hereinfällt."

„A... Aber d... du nich!", behauptete Onkel Anton.

Opa lachte befreit auf.

„Nein, ich nicht, Anton. Denn sooo alt bin ich nun auch wieder nicht. Als ich geboren wurde, war der Krieg schon neun Jahre vorbei. Gott sei Dank!"

Rahel reichte Opa Peter den Umschlag mit dem Brief.

„Kannst du das lesen?", fragte sie ungeduldig.

Herr Schmickler griff nach dem vergilbten Umschlag.

„Das ist Sütterlin!", sagte er.

Ronny tippte das Wort in seine Suchleiste.

„Du kennst die Schrift?", hakte Silas nach.

„Ja, sicher", nickte Opa. „Wir haben es zwar nicht mehr offiziell in der Schule benutzt, aber unsere Klassenlehrerin ließ uns damit Schönschrift üben. So haben wir das ganze Alphabet gelernt. An Leopold Bernstein, Burgenach, Judengasse 13", las er zügig vor.

„Oh, ich wusste gar nicht, dass in Burgenach Bernsteins gelebt haben", wunderte sich Mama.

„Doch, doch", murmelte Opa und faltete den Brief auf. „Was war noch in dem Kästchen?", fragte er, bevor er anfing zu lesen.

„Das silberne Armband einer Frau namens Maria, ein Halstuch-Lederring, eine Wasserpfeife aus Ton und so ein komischer Anstecker", zählte Rahel auf. „Zeig mal, Silas!"

Ihr Bruder nahm das rot-weiß-rote Abzeichen aus dem Kästchen und brachte es Opa.

„Ah", machte der, als er es in die Hand nahm, „das hatte meine Mutter auch, also eure Uroma. Sie war Jahrgang 1929. Es ist ein Leistungsabzeichen des BDM. Bund Deutscher Mädel. Soweit ich weiß, musste man dafür eine Sportprüfung und eine theoretische Prüfung ablegen, wie Kartenlesen oder Erste Hilfe."

Opa Schmickler gab Silas den Anstecker zurück und vertiefte sich nun endlich in das Schreiben auf seinem Schoß. Während er las, sagte er kein Wort mehr. Sein Gesicht war ernst. Dann wurden seine Augen feucht, und er musste sich ein paar Mal räuspern. Einmal schnappte er sogar nach Luft. Der Inhalt des Briefes schien ihm nahezugehen. Ronny beschäftigte sich mit dem Internet. Aber Rahel konnte ihre Neugier kaum noch zügeln. Silas war eher betroffen und verunsichert.

„Ist es so schlimm?!", fragte er.

Opa sah ihn an. Er brauchte noch etwas, bis er seine Stimme wiederfand.

„Ja, Silas. Das hier ist ein sehr besonderer Brief!", antwortete er. „Hast du etwas zu Sütterlin gefunden, Ronny?"

Der Angesprochene blickte auf.

„Yepp!", sagte er. „Und ich habe etwas zu dem Leistungsabzeichen." Ronny streckte die Hand aus, und Silas ließ den Anstecker hineinplumpsen. „Es gibt mehrere Abbildungen des gesamten Sütterlin-Alphabets. Damit kann man bestimmt alte Texte entziffern. Ein gewisser Ludwig Sütterlin hat diese Schrift 1911 entwickelt. Das auf unserem Brief ist allerdings die Offenbacher Variante. Die Nazis haben Sütterlin und alle ähnlichen Schriften 1941 verboten. Aber sie wurde zum Teil nach dem Krieg noch bis in die 1980er-Jahre neben der lateinischen Schrift gelehrt."

„Ha. Das war vor meiner Schulzeit", freute sich Mama. „Ich fühle mich gerade sehr jung."

„Du bist auch noch jung", schmunzelte Opa. „Ronny, du darfst eine von diesen Tabellen an meinen Drucker im Arbeitszimmer schicken und ausdrucken."

„Warum?!", fragte Rahel. „Willst du uns nicht endlich sagen, was da steht?!"

„Nein, Rahel, das werde ich nicht. Dieser Brief ist zu kostbar, um ihn einfach runterzurattern. Er und seine Verfasserin Martha verdienen es, dass ihr oder einer von euch sich die Mühe macht, ihn in die lateinische Schrift zu übersetzen. Mithilfe von Ronnys Tabelle dürfte das kein Problem sein. Schreibt es ab und lest es gemeinsam. Dann hört ihr Marthas Stimme und nicht meine."

„Jetzt machst du sogar mich neugierig", meinte Mama.

„Ja?!" Opa lächelte. „Fällt dir bei Maria und Martha dasselbe ein wie mir, Hannah?"

„Die beiden Schwestern von Lazarus?!", antwortete Mama.

Ronny guckte verwirrt. Was für ein komischer Name! Lazarus?! So hieß doch keiner!

„Genau!", sagte Opa. „Die Unterzeichnerin des Briefes ist eine Martha. Auf dem Armband steht aber der Name Maria mit einem Datum, das ein Geburtsdatum sein könnte. 1943 war diese Maria dann etwa 14."

„Moment!", rief Rahel aufgeregt und kramte noch einmal das Foto mit den Soldatinnen der HJ hervor. Sie tippte auf die beiden blonden Mädchen, die sich so ähnlich sahen. „Hier, die beiden, könnten das Maria und Martha sein? Sie sehen aus wie 14, oder?"

„Vielleicht. Was hast du über das Abzeichen herausgefunden, Ronny?", fragte Opa.

„Man konnte es ab 14 Jahren erwerben ...", antwortete Ronny.

„Das kommt hin!“, unterbrach Rahel ihn.

„... und dieses runde RZM-Zeichen hinten drauf bedeutet ‚Reichszeugmeisterei München‘, das war eine zentrale Stelle, die Uniformen, Abzeichen und so Zeug für die Nationalsozialisten herstellen ließ. Dieses ‚M / 15‘ war das Zeichen für eine der beauftragten Firmen: Ferdinand Hofstätter Bonn. Also ganz in der Nähe. Und: Tada!“, Ronny drehte sein Notebook so, dass alle die geöffnete Website auf dem Bildschirm sehen konnten: „Die gibt es heute immer noch. Nun nennen sie sich Transuniversal GmbH.“ Rahel schaute nur flüchtig auf, dann betrachtete sie weiter das Foto.

„Das hier könnten also wirklich Zwillingsschwestern sein. Martha und Maria?! Ob sie noch leben?“, fragte sie.

„Jedenfalls eine schöne Idee, Zwillingsmädchen so zu nennen, nach einem biblischen Schwesternpaar“, meinte Mama.

„... Äh, die Abzeichen sind übrigens zwischen hundertvierzig und hundertachtzig Euro wert“, bemerkte Ronny.

„Das ist ein interessanter neuer Fall!“, sagte Opa. „Die Vergangenheit kann sehr spannend sein. Vielleicht gibt es Finderlohn, Ronny, auch wenn der hier nicht besonders hoch sein wird. Fünf Prozent von hundertfünfzig Euro geteilt durch fünf ... Der Rest hat nur ideellen Wert für den Eigentümer oder eventuelle Nachfahren. Aber ich bin selbst sehr interessiert daran, ob Martha oder Maria noch lebt. Schließlich geht es hier auch um die Geschichte meines Heimatortes. Also beauftrage ich euch und verspreche euch ein Detektiv-Honorar.“

„Quatsch, Opa!“, wehrte Silas ab. „Für dich machen wir das selbstverständlich umsonst.“

Sophia nickte begeistert, und Ronny traute sich nicht zu protestieren.

„Also seid ihr alle einverstanden, dass wir diesen Fall übernehmen?!“, fragte Rahel.

„J... Ja, ja!“, antwortete Onkel Anton sofort.

„Es kann natürlich sein, dass beide Frauen vor langer Zeit weggezogen oder längst verstorben sind“, dämpfte Mama die Begeisterung. „Jahrgang 1928, das bedeutet, die Damen wären über 90!“

„Ist schon klar, dass das viel langweilige Recherchearbeit bedeutet, aber damit haben wir ja jetzt schon Erfahrung“, seufzte Silas. Er ahnte, dass er wieder viel Fahrrad würde fahren müssen.

„Fangen wir gleich an, Opa! Wie viele Marias und Marthas hier aus Brehl kennst du?“, fragte Rahel.

Opa lachte.

„Die, die ich kenne, dürften zu jung sein“, schmunzelte er. „Außerdem ist Maria ein sehr beliebter katholischer Name. Hier in der Eifel heißt wahrscheinlich jede zweite Frau so.“

„Und jeder dritte Mann“, ergänzte Mama.

„Das ist jetzt ein Witz, oder?“, fragte Ronny.

Mama schüttelte den Kopf.

„Nein, Ronny, das stimmt wirklich. Als Zweitname gibt es Maria auch bei Männern. Zum Beispiel Rainer Maria Rilke, ein berühmter deutscher Dichter, oder Markus Maria Profitlich, ein Schauspieler aus Bonn.“

„Dann könnte das Armband tatsächlich einem Mann gehören!?“

Ronny guckte ziemlich verdattert.

„Das tat es nicht“, sagte Opa. „So viel kann ich euch verraten.“

„Geht das aus dem Brief hervor, Paps?“

„Ja, Hannah.“

Opa legte Marthas Brief auf den Tisch. Dann stand er auf und holte sich Papier und Stift aus der Küche. Er notierte ein paar Namen und drückte Ronny den Zettel in die Hand.

„Hier. Das sind die Marias, die mir aus Brehl einfallen, die über neunzig sind. Marthas sind mir keine bekannt. Die Straßen stehen dabei, Hausnummern findet ihr bestimmt selber raus."

Rahel guckte Ronny neugierig über die Schulter und las die Namen vor:

„Maria Knopp, Hauptstraße, Maria Langenhagen, Blumenstraße, Maria Ockenfels, Finkenweg."

„Da können wir fast zu Fuß hingehen", stellte Silas erleichtert fest.

„Wie wäre es, wenn ihr die abklappert, und ich übersetze den Brief?", schlug Sophia vor. „Ich finde die Schrift wunderschön."

„Einverstanden", stimmte Ronny zu.

Als auch die anderen Detektive nickten, nahm sich Sophia den Brief und steckte ihn in ihren Rucksack. „Meine Mutter holt mich sowieso jeden Moment ab. Kann ich die Tabelle haben?", wandte sie sich an Ronny.

„Die ist schon ausgedruckt", sagte der.

Silas sprang auf.

„Ich hole sie dir", bot er sich an.

„Wenn es die drei Marias nicht sind, machen wir mit dem Telefonbuch weiter", überlegte Rahel laut.

„Oder mit den Informationen, die uns die drei alten Marias liefern. Vielleicht kannten sie die Schwestern, wenn sie es selber nicht sind." Zufrieden klappte Ronny sein Notebook zu. „Wann treffen wir uns morgen?

„U... Um fünf Uhr a... am Bus. Vor... Vorher muss ich arbeiten", stellte Onkel Anton klar, dass er mit von der Partie wäre. Sein Urlaub von der Werkstatt war vorbei.

2. MAI 1942

Leopold hörte Schritte auf dem Holz. Da kam jemand! Die Schritte waren unregelmäßig. Jetzt hielten sie an. Sofort war der Junge hellwach und erhob sich leise. Er starrte in die Schwärze über sich. Dorthin, wo er die Falltür vermutete. Er hatte keine Ahnung, wie lange er geschlafen hatte, aber wenigstens wollte er dem Feind aufrecht entgegentreten, wenn es der Feind war. Eine seltsame Ruhe folgte der Alarmbereitschaft und legte sich wie eine Rüstung über seinen Körper. Er fühlte nichts mehr, keine Kälte, keinen Hunger und keine Angst. Die Falltür quietschte kaum hörbar. Onkel Cohn hatte sie immer gut geölt, um unentdeckt zu bleiben.

„Hast du das ernst gemeint?!", flüsterte plötzlich eine vertraute Stimme aus der Dunkelheit. „Du spielst verstecken?! Als mein Bruder mir deine Nachricht gebracht hat, habe ich erst eine Weile nachdenken müssen, bevor ich darauf kam."

Die Rüstung fiel von Leopold ab. Er fing an, heftig zu zittern. Trotzdem erschien ein breites Lächeln auf seinem Gesicht.

„Kurt!", flüsterte er kaum hörbar.

„Schalom, Leopold", antwortete die Stimme jetzt lauter.

Der Besucher zog die Falltür über sich zu und kam die Leiter herunter.

„Aleichem Schalom, Kurt", antwortete Leopold.

Ein Streichholz flammte auf. Kurt grinste, als er in das verdreckte Gesicht seines Gegenübers sah.

Leopold kniff die Augen zusammen. Er sah nicht, dass sein Besucher den Rucksack abgenommen hatte und nun eine Kerze in der Hand hielt.

„Besser als gar kein Schabbes-Licht, oder?", fragte Kurt und steckte die brennende Kerze auf einen schlichten Messingständer.

„Ist heute tatsächlich Sabbat?", dachte Leopold und öffnete die Augen vorsichtig blinzelnd. Er hatte jegliches Zeitgefühl verloren. Jeder Wochentag war gleich, Tag und Nacht vergingen ohne Unterschied. Sein Besucher sah sich in dem Kellerloch um: gestampfter Lehmboden, grobe Steinwände, hinten das Regal mit den Schläuchen und dem Brenner. Volle und leere Flaschen, ein paar alte, erdfarbene Vorhänge, um die illegale Schnapsbrennerei unsichtbar zu machen. Es war alles genau wie früher! Der Junge humpelte auf die andere Seite und griff nach zwei Decken. Dann kam er zurück und breitete sie als Polster auf dem Boden aus. Sein steifes Bein streckte er dabei zur Seite. Dann ließ er sich nieder.

„Was machst du hier, Leo?", fragte er. „Ich dachte, ihr seid alle am Sonntag deportiert worden?"

Leopold nickte und griff nach der Wurst und dem Graubrot, das Kurt ihm reichte. Er schlug die Zähne in das Fleisch. Dann riss er mit den Fingern ein großes Stück aus dem Brotlaib heraus und stopfte es hinterher.

„Tut mir leid, koscher ging nicht", entschuldigte sein Freund sich und legte noch eine Feldflasche mit Wasser vor Leopold auf die Decke.

„Egal!", wehrte Leopold mit vollem Mund ab. Er nahm einen tiefen Schluck aus der Flasche und wischte sich mit dem Ärmel über den Mund. „Ich bin geflohen. Aus dem Lager durch den Wald nach Burgenach. Ich wusste doch nicht, wohin sonst." Kurt schwieg. „Sie waren nicht gut zu uns", sagte Leopold leise.

„Ich weiß", nickte Kurt.

Er sah Leopold eine Weile beim Essen zu. Der aß jetzt langsamer, damit sein ausgehungerter Magen nicht rebellierte.

„Du musst hier raus!", bestimmte Kurt schließlich. „Wir bringen dich von hier weg."

„Ich... Ich habe kein Geld für dich und deine Freunde", sagte Leopold und blickte zu Boden.

„Vergiss das Geld!", wehrte Kurt ab. „Meinst du, wir kassieren Fluchtsteuer? Trage ich etwa eine braune Uniform?"

Der Junge sah an sich und seiner einfachen Wanderkleidung herunter. Leo schüttelte den Kopf. Er bemühte sich zu lächeln.

„Nein, Mann. Das ist Ehrensache", sagte Kurt. „Dieser Verrückte überfällt ein Land nach dem anderen. Seine Hakenkreuzflagge wehte schon letztes Jahr in Griechenland und Jugoslawien. Aber der kriegt den Hals nicht voll. Nein, er musste direkt danach auch noch Russland angreifen. Ich meine, wer ist so dumm? Dieses Riesenreich?"

Er schüttelte den Kopf. Dann legte Kurt seinem Freund die Hand auf die Schulter und schüttelte ihn leicht.

„Mensch, Leo! Der Krieg kann noch ewig dauern! So lange kannst du nicht in diesem Loch bleiben. In ein paar Tagen holen wir dich hier raus. Lass dich nirgends blicken und nimm zu niemandem Kontakt auf."

Leopold schwieg und nickte langsam. Er hatte nicht vorgehabt, diesen Keller zu verlassen.

„Es geschehen schreckliche Dinge!", sagte Kurt und stand langsam auf.

„Gibst du meinen Eltern Bescheid, wenn ich es geschafft habe? Ich meine, wenn sie eines Tages nach Burgenach zurückkehren sollten oder ... oder jemand dir ihre neue Adresse gibt?", fragte Leopold leise.

Seine Stimme klang traurig. Kurt presste die Lippen aufeinander und nickte stumm. Was hatte es auch für einen Sinn, Leo zu erklären, dass er fest davon überzeugt war, dass es schon bald keine Eltern Bernstein mehr geben würde? Vielleicht waren sie bereits tot.

JUDENGASSE

„Wo steckt denn Lasse?“, fragte Ronny leise und zeigte auf den freien Platz im Klassenraum.

Er hatte inzwischen herausgefunden, dass die 28 auf Lasses T-Shirt für die Buchstaben B und H und diese für *Blood and Honour* standen. Auf Deutsch bedeutete das: Blut und Ehre. Und genau so hieß eine Organisation oder ein Netzwerk, das Ideen der Neonazis verbreitete. In Deutschland war es seit dem Jahr 2000 verboten. Aber in anderen Ländern gab es sogar gewalttätige Untergruppen.

„Keine Ahnung, vielleicht ist er krank“, flüsterte Rahels Bruder zurück, denn der Unterricht hatte bereits angefangen.

„Bitte schaltet eure hochfunktionellen Taschencomputer ein“, sagte Frau Kragenbeck gerade.

„Hä?“, fragte Kira.

„Dein Handy“, erklärte Johanna.

„Ach so ... boah, gut, dass das die letzte Stunde Geschichte für diese Woche ist“, maulte Kira und fischte ihr Smartphone aus dem Schulrucksack. „Für solche Jokes bin ich zu jung.“

„Da ihr die Handynutzungsverordnung unterschrieben habt bzw. eure Eltern, wisst ihr Bescheid, was erlaubt ist und was nicht. Bitte bildet jetzt Dreier- oder Vierergruppen.“

Sofort begann ein Stühle- und Tischerücken, sodass in der Klasse unter ihnen die Lampen an der Decke wackelten. Übertönt wurde das Ganze nur von den Diskussionen, wer mit wem eine Gruppe bilden würde.

„Die Arbeitsaufträge findet ihr an der Tafel. Ihr habt zwanzig Minuten, dann tragen wir die Ergebnisse zusammen“, verkündete die Lehrerin, als wieder einigermaßen Ruhe eingekehrt war. Frau Kragenbeck klappte die beiden Tafelhälften auf. Sie hatte tatsächlich Kreide benutzt, statt Arbeitsblätter auszuteilen.

„1. Bis wann gab es in Burgenach eine Synagoge? 2. Wo stand sie? 3. Warum gibt es heute keine Juden mehr in Burgenach?“, las Silas leise für sich.

„Was ist denn 'ne Synagoge?“, fragte Kira in die Klasse.

„Aber Kira! So nennen Juden ihre Kirche. Habt ihr das nicht im Religionsunterricht besprochen?“

Frau Kragenbeck war ihre Ungeduld anzumerken.

„Nee, da hat uns Herr Schulte immer *Hilfe, die Herdmanns kommen* oder *Momo* vorgelesen“, flüsterte Kira ihrer Nachbarin zu. Aber die Lehrerin hatte geschulte Ohren.

„Na, dann weißt du es jetzt. Bitte fang an“, bat Frau Kragenbeck.

„Wie sollen wir das jetzt rausfinden?“, fragte Merle.

Sie war in einer Gruppe mit Ronny und Silas gelandet.

„Das ist doch nicht so schwierig“, meinte Ronny. „Macht sogar Spaß, Sachen rauszufinden. Äh, sag mal, weißt du zufällig, wo Lasse steckt?“

Merle machte ein ernstes Gesicht.

„Gespräch beim Direx.“ Sie sah sich um. „Sagt jedenfalls Johanna.“

„Wegen der Bemerkung von gestern?“, fragte Ronny.

„Welche Bemerkung?!“

„Na, die mit der HJ. Mit der Hitlerjugend.“

„Keine Ahnung. Hab ich nicht mitgekriegt."

Sie war gestern tatsächlich auf Toilette gewesen, als Lasse mit Frau Kragenbeck aneinandergeraten war. Und da sie sich viel Zeit gelassen hatte, hatte sie auch das Ende des Gesprächs verpasst.

„Also, ich gebe jetzt erst mal ‚Synagoge' und ‚Burgenach' ein. Leute, so langsam müssen wir mal anfangen", drängte Silas und tippte die Buchstaben in die Suchleiste.

Auch Ronny und Merle begannen mit der Online-Recherche.

„Komisch", sagte Merle. „Da kommt nur eine in Brehlweiler und eine ehemalige Synagoge in Niederzissen."

„Nein, scroll mal runter, da kommt noch mehr", meinte Ronny. „‚Die Synagoge in Burgenach'", las er vor.

„Und vergesst bitte nicht, die genauen Fundstellen zu notieren!", erinnerte die Lehrerin. „Ein Zitat nützt euch nichts, wenn ihr es nicht mehr wiederfinden könnt."

„Ah, ja. Ich hab's!"

Merle klickte die Überschrift „Zur Geschichte der jüdischen Gemeinde in Burgenach" an.

„Auweia, ist das ein langer Artikel!", stöhnte sie.

„Die wichtigen Jahreszahlen sind fett gedruckt", meinte Ronny. „Lies ab 1933. Dann geht es schneller."

„Hier ist noch ein anderer Beitrag", sagte Silas. „Da steht: ‚Die Synagoge in der Burgenacher Rheinstraße'. Kennst du den Standort, Ronny?"

„Nö, hab ich noch nie was von gehört. Aber hier im Brehlweiler Wiki sind noch ein paar Hinweise. Die Synagoge Burgenach entging in der Pogromnacht 1938 ... und so weiter.... Sie wurde nur geschändet und verwüstet, aber nicht gebrandschatzt."

„Was ist das denn?", fragte Merle.

„Nicht verbrannt und zerstört", meinte Silas.

„Nicht? Ja, wo ist sie denn dann?“

„Ach, Merle! Denk doch mal nach.“

Ronny zeigte zur Tafel.

„Die Fragen heißen: Bis wann gab es in Burgenach eine Synagoge, und wo stand sie? Das ist Vergangenheit. Also gibt's die nicht mehr!“

„Ach ja.“

„Hier!“, sagte Silas. „Ich hab's. Sie wurde um 1970 abgerissen. Wieso wurde die denn dann noch abgerissen? Das verstehe ich nicht. Da gab es die Nazis doch längst nicht mehr ...“

„Baufällig? Keine Juden mehr da, die sich kümmern?“, mutmaßte Ronny. „Seit der systematischen Verfolgung und Ermordung durch die Nationalsozialisten gibt es keine Juden mehr in Burgenach“, las er vor. „Ah, da habt ihr die Antwort auf Frage 3!“

Zufrieden markierte er die Fundstelle und kopierte sie. Eine Weile las jeder für sich.

„Mann, da gab es seit dem Mittelalter Juden in Burgenach und nun sind sie und ihre Kirche wie ausradiert. Als hätte es sie nie gegeben. Man weiß als Zugezogener nicht mal genau, wo die Synagoge stand oder wo die wohnten“, sagte Silas schließlich.

„Richtig, Silas. Und genau deswegen biete ich die Stolpersteine-AG an“, sagte Frau Kragenbeck, die plötzlich an ihrem Dreiertisch stand.

„Am Donnerstagvormittag in der zweiten großen Pause haben wir übrigens ein Vortreffen der AG im alten Musikraum. Zum letzten Mal meine herzliche Einladung.“

Die Lehrerin war jetzt wieder lauter geworden, damit die ganze Klasse sie hören konnte.

„So, die zwanzig Minuten sind gleich um. Seid ihr dann alle so weit?“, fragte sie in die Runde, sah aber dann Ronny an.

„Fast, nur den genauen Standort kann ich nicht finden", sagte Ronny. „Das heißt, das Programm zeigt ihn an, aber die Stelle passt irgendwie nicht. Da ist doch, wenn ich mich richtig erinnere, ein Parkplatz, oder? Stehen da jetzt wirklich einfach Autos? Ohne Hinweis auf das, was da mal war?"

Frau Kragenbeck legte den Kopf schief und hob die Hände, als wüsste sie die Antwort nicht.

„Das könnte stimmen", meinte sie. „Warten wir mal ab, was die anderen so herausgefunden haben. Und übrigens, Mirco, ich sehe ganz genau, was du da spielst!", bellte sie wie ein Wachhund.

Mirco ließ vor Schreck sein Handy fallen.

Als sie wenig später die Ergebnisse der einzelnen Gruppen zusammentrugen, erfuhren die Jungs, dass aus Burgenach dreiundzwanzig jüdische Mitbürger von den Nazis auf Lastwagen abtransportiert worden waren. Die meisten kamen in Konzentrationslager, in denen sie wenig später ermordet wurden. Dreien gelang vor der Deportation die Flucht, und einer wurde noch vor dem Abtransport an Ort und Stelle erschossen. Danach gab es keine Juden mehr in Burgenach.

Die Synagoge aus dem 19. Jahrhundert war am 9. November geschändet worden. Das heißt, das Mobiliar wurde zerstört, die Thora-Rolle verbrannt und die Fensterscheiben wurden eingeschlagen. Das Gebäude selbst blieb erhalten, weil es zwischen zwei Wohngebäuden lag und die Nazis sich nicht getraut hatten, hier Feuer zu legen. Nach dem Krieg kaufte die Stadt die Synagoge, ließ sie verfallen und dann 1970 abreißen.

„Und dann fiel ihnen nichts Besseres ein als ein Parkplatz?! Das gibt es doch nicht!", entfuhr es Silas.

„Doch", sagte Frau Kragenbeck. „Das gibt es und noch viel mehr. Burgenach hatte nämlich seit dem Mittelalter, also ab dem 13. Jahrhundert, eine Judengasse."

Ronny stieß Silas an und riss die Augen auf.

„Maaann!“, machte Silas leise. „Das ist doch die Adresse auf unserem Brief!“

Ronny nickte stumm.

„1933 wurde sie von den Nationalsozialisten umbenannt und erhielt den Namen Schlageterstraße. Albert Leo Schlageter war einer ihrer ‚Helden‘, den wir heute wahrscheinlich eher einen Terroristen nennen würden. Er verübte Sprengstoffattentate. 1946 bekam die Straße ihren alten Namen zurück, weil die Besatzungsmächte darauf drängten. Bitte schaltet eure Handys jetzt wieder aus.“

„Und warum heißt sie heute nicht mehr so?“, fragte Ronny. „Burgenach hat doch keine Judengasse, soweit ich weiß!“

„Richtig, Ronny. 1952 wechselte sie erneut den Namen und heißt heute Holzweg. Die Hausnummern sind geblieben, allerdings wurden ein paar Häuser auch abgerissen, weil sie baufällig waren.“

Silas meldete sich.

„Ja, bitte, Silas!“, rief Frau Kragenbeck ihn auf.

„Wie kann man denn einer Straße, die über Jahrhunderte Judengasse hieß, sieben Jahre nach Ende der Nazi-Herrschaft zum zweiten Mal ihren Namen wegnehmen? Damit löscht man doch noch mehr Erinnerungen aus. Nicht einmal der Name der Straße ist jetzt noch übrig von den Leuten, die da mal gewohnt haben!“

Der Name Leopold Bernstein kam ihm in den Sinn. Der geheimnisvolle Adressat des Briefes. Die Nummer 13.

„Du hast recht, Silas, das sieht so aus, als wollte man die unrühmliche Geschichte der Stadt vergessen, statt an die deportierten ehemaligen Mitbürger zu erinnern.“

„Wer kam denn auf eine solche Idee?“, fragte Merle.

„Ein Lehrer“, seufzte Frau Kragenbeck. „Genauer gesagt, der damalige Direktor der Grundschule. Aber, und das ist mal eine gute Nachricht, aktuell beschäftigt sich unser Burgenacher Stadtrat nicht nur mit der Verlegung von Stolpersteinen, sondern auch mit der möglichen erneuten Umbenennung des Holzweges in Judengasse. Wie ihr euch denken könnt, bin ich natürlich für den alten Namen. Aber unter den Anwohnern der Straße sind die meisten dagegen. Sie scheuen den Verwaltungsaufwand, sie müssen zum Beispiel ihre Ausweise ändern lassen und Freunde und Bekannte sowie weitere Kontakte über die geänderte Adresse informieren ..."

„Pfffft!", machte Mirco. „Das ist für mich kein Argument! Das ist doch nichts gegen die Verbrechen an den Juden, die hier bei uns stattgefunden haben."

„... und außerdem befürchten sie, dass ihre Häuser mit Farbbomben beworfen oder sonst wie beschädigt werden könnten", redete Frau Kragenbeck weiter. „Diese Angst ist vielleicht gar nicht so unbegründet, da es Antisemitismus auch heute noch gibt und es in anderen Städten tatsächlich solche Fälle von Sachbeschädigung und hässliche Sprüche an den Hauswänden gegeben hat."

„Ich fasse es nicht", murmelte Silas. „Dann muss man die Häuser halt einfach beschützen und beim Saubermachen helfen, sollte es nötig sein", flüsterte er Ronny zu, während Frau Kragenbeck sich umdrehte. Die Lehrerin wischte die Tafel sauber.

„Als Hausaufgabe schreibt ihr bitte eine Tabelle: pro und contra Umbenennung von Holzweg in Judengasse", sagte sie dann und wandte sich wieder ihren Schülern zu.

Kollektives Stöhnen ertönte.

„Und weil das mit der Synagoge und dem Parkplatz so unglaublich gedankenlos scheint, werden wir nächste Woche eine Exkursion zu dem gut versteckten Mahnmal machen, das immerhin seit 1992 in der Nähe existiert. Wir treffen uns dann schon am Anfang der Pause am Nordausgang. Notiert das bitte auch, damit wir auf niemanden warten müssen."

„Kennst du das Mahnmal?", fragte Silas seinen Sitznachbarn.

Ronny schüttelte den Kopf.

„Nein, aber den Parkplatz. Er ist nicht so weit vom MCG entfernt. Kommst du mit dahin, nach der Schule?"

„Klar!", antwortete Silas.

„Bevor ihr die Klasse verlasst, möchte ich euch noch etwas zu Lasse sagen."

Sofort war es totenstill in der 10b. Siebenundzwanzig Augenpaare blickten auf die Lehrerin.

„Herr Kocher und ich sind mit ihm im Gespräch wegen seiner Bemerkung zur Hitlerjugend gestern. Bitte seid trotzdem freundlich zu ihm und fragt ihn nicht aus. Er braucht etwas Zeit zum Nachdenken."

Ronnys Blick wanderte zu der Wolfsangel mit der 18 auf seinem Tisch. Die Worte *Blood and Honour* kamen ihm in den Sinn. Langsam hob er die Hand.

„Ja, Ronny?"

„Ich glaube, das hier müssen Sie sich ansehen", sagte er.

LIEBER LEOPOLD

Ronny warf sich seinen Schulrucksack über die Schulter und nahm einen großen Schluck aus seiner Wasserflasche.

„Sollen wir auf dem Weg zum Mahnmal noch einen Abstecher durch die alte Judengasse machen?", fragte er seinen Freund, der gerade sein linkes Knie massierte.

Silas seufzte.

„Würde mich schon interessieren, wie das heute so aussieht, aber mir tun irgendwie seit ein paar Tagen die Knie weh."

Insgeheim machte er sich immer sofort Sorgen, wenn ihm mal irgendwo etwas wehtat. Es könnte ja tatsächlich etwas Schlimmes sein. Ronny verzog den Mund. Er war nicht so zimperlich, aber er erinnerte sich an seine eigenen Knieschmerzen.

„Vielleicht wächst du nur", meinte er. „Deine Babystimme bist du jedenfalls los."

Tatsächlich! Jetzt, wo Ronny es sagte ... Er war endlich mit dem Stimmbruch durch! Als Letzter in der Klasse. Auch wenn er immer noch nicht fünfzehn und damit über ein Jahr jünger war als manch anderer in der 10b, war das überdurchschnittlich spät. Von Bartwuchs jedenfalls nach wie vor keine Spur.

„Komm, Bewegung tut dir gut!", behauptete Ronny. „Außerdem regt Sport das Knochenwachstum an."

„Ehrlich?", fragte Silas.

Er fühlte sich gleich viel besser, jetzt, wo es nicht nur eine harmlose, sondern sogar eine vielversprechende, gute Erklärung für die Knieschmerzen gab. Ronny grinste und wies mit der Hand die Richtung, in die sie zu gehen hatten.

„Dann da lang."

Gehorsam setzte sich Silas in Bewegung.

„Was hast du eigentlich in den Sommerferien gemacht?", fragte er seinen Freund. „Rahel und ich waren fast nur zu Hause. Mama und Papa hatten dieses Jahr keine Zeit für Urlaub, und wir mussten auf der Baustelle helfen. Cool war nur, dass Tabea für vier Wochen da war."

„Schade, dass ich eure große Schwester nicht kennenlernen konnte", meinte Ronny.

„Nee, ausgerechnet in der Zeit warst du bei deiner Oma und ... ", Silas stockte plötzlich.

„Sag's ruhig. Und bei meinem Vater. Ist schon okay. Ich komm damit klar, dass meine Eltern geschieden sind", sagte Ronny. *Es bleibt mir ja auch nichts anderes übrig,* dachte er. „Dresden ist eine sehr schöne Stadt! Mit schnellem Internet", grinste er.

Silas sagte nichts.

„Und ich habe ein paar Informatikkurse gemacht. ... Was hat Tabea denn so erzählt? Ist es cool, in Amerika zu studieren?", fragte Ronny.

„Sie findet es klasse. Sie spricht fast schon mit amerikanischem Akzent Deutsch, betont die Sätze anders und benutzt falsche Ausdrücke. Ist echt witzig. Aber das Studium ist teuer. Da muss man die Uni teuer bezahlen. Hier ist es fast umsonst."

„Warum macht sie das dann?"

Silas zögerte kurz.

„Weil sie glaubt, dass Gott sie da haben will."

Ronny grunzte etwas Unverständliches.

„Sie hat ein paar Stipendien bekommen, pflegt irgendwelche Grünanlagen der Uni und leert die Mülltonnen und so. Dafür gibt es Rabatt bei den Studiengebühren, und ab nächstem Jahr kann sie sogar in einer Klinik arbeiten. Sie möchte später gerne in die Mission, und ich glaube, da ist auch ein junger Mann, der ähnliche Pläne hat."

Silas grinste und guckte zur Seite, um zu sehen, wie Ronny auf diese Nachricht reagieren würde, aber das Gesicht seines Freundes war ausdruckslos. Also stellte auch Silas sein Grinsen ein.

„Ich frage mich", sagte Ronny, als sie fast am Holzweg angekommen waren, „warum ‚Deine Martha' ‚Judengasse 13' als Adresse benutzt hat."

Ronny war offensichtlich in Gedanken schon wieder bei dem alten Brief, den sie gefunden hatten.

„Vermutlich, weil ‚Lieber Leopold' dort wohnte, oder?", meinte Silas.

„Ja, aber der Brief war doch von 1943, und wir haben heute Morgen herausgefunden, dass die Straße da schon Holzweg hieß. Erst 1945 erhielt sie den alten Namen zurück, hat Frau Kragenbeck gesagt. Es macht also keinen Sinn, diese Adresse zu wählen, wenn du 1943 da einen Brief hinschicken willst."

„Tatsächlich!", rief Silas. „Warum ist mir das nicht aufgefallen?!"

Bewundernd sah er seinen Freund an.

„Schon okay", sagte Ronny. „Du kannst schließlich auch nicht alles wissen!"

Silas lachte und versetzte ihm gutmütig einen Stoß in die Rippen.

„Wer weiß, vielleicht erfahren wir den Grund heute Nachmittag, wenn Sophia den Brief übersetzt hat", mutmaßte er.

„Vielleicht ..."

Die beiden Jungs hatten mittlerweile den Marktplatz überquert, der vor dem Rathaus und der mittelalterlichen katholischen Pfarrkirche St. Marien lag. Von dort führte der Holzweg in Richtung Rheinstraße hinab. Silas und Ronny gingen an der kleinen Pizzeria vorbei. Dann kamen ein paar Parkbuchten, dahinter war eine Grünfläche oder ein kleiner Park zu sehen.

„Hier sind die Häuser wohl abgerissen worden", sagte Rahels Bruder und zwang sich weiterzugehen.

Der Duft, der gerade von der Pizzeria bis hierher wehte, war fast unwiderstehlich, und Silas wusste genau, dass er in den Laden stürzen und sich eine Pizza kaufen würde, wenn er jetzt stehen blieb.

„Ja, aber Nummer 13 steht noch!", rief Ronny.

Er hatte die Hausnummer an dem grauen Gebäude als Erster entdeckt. Das Haus stand auf der rechten Straßenseite, wie die anderen ungeraden Nummern auch. Aber der Eingang zeigte nicht zur Straße hin, wie bei den meisten anderen Häusern, sondern befand sich an der Seite des Gebäudes, die dem Park zugewandt war. Nur der Giebel war zum Holzweg gerichtet.

„Anneliese Schmitt und eine Familie Bauer wohnen hier", las Ronny vor. „Keine Bernsteins mehr."

„Was zu erwarten war", meinte Silas.

Ein kleiner Privatweg führte an der anderen Längsseite vorbei zu einem Innenhof, den noch andere Häuser umstanden. Darauf traute sich Silas aber nicht.

„Lass uns weitergehen zu dem Denkmal", schlug er vor.

Ronny sah auf die Uhr und gab nach. Denn er hatte heute Nachmittag noch einen Termin, bevor er mit den anderen Detektiven verabredet war.

„Schisser!“, sagte er trotzdem und grinste.

Silas grinste zurück. Bis zur Rheinstraße ging es nur noch bergab. So hatten sie schnell die Stelle erreicht, die Ronnys Navigations-App anzeigte. Aber irgendwie schienen die Daten nicht ganz zu stimmen. Sie standen vor den Resten der ehemaligen Stadtmauer von Burgenach, und danach kam nur eingezäunter Privatbesitz.

„Ich glaube, wir müssen in die andere Richtung. Das muss näher am Parkplatz sein“, meinte Ronny.

„In Ordnung“, sagte Silas.

So langsam hatte er richtig Mittagessenhunger und war zufrieden, dass er gerade eben noch einen anderen Supermarkt als den Rheka-Laden entdeckt hatte, der mit Hot Dogs Werbung machte. Da würde er sich gleich etwas für den Heimweg holen! Schließlich hatte er schon der Pizza tapfer widerstanden. Nach ein paar Schritten schaute er zufällig nach links und blieb stehen.

„Ach, hier ist das!“, sagte er verblüfft. „Wir müssen gerade daran vorbeigegangen sein.“

Ronny stellte sich neben ihn.

„Unglaublich! Das ist ja winzig! Und dann hier direkt an der Straße, wo die Autos vorbeidüsen. Klasse Platz für eine Gedenkstätte.“

„Ja, super! Ein paar Quadratmeter gepflasterte Fläche. Gerade genug für zwei Sitzbänke und ein paar Blumen. Ich hatte etwas anderes erwartet.“

Silas schüttelte den Kopf. Zwischen den Bänken, die sich gegenüberstanden, war eine große graue Platte mit Namen in den Boden eingelassen worden. Ein weiterer schwarzer Gedenkstein stand senkrecht vor einer grünen Hecke. Er war mit einer Menora, dem siebenarmigen Leuchter, und einem Davidstern verziert. Silas erkannte die beiden Symbole für den jüdischen Glauben sofort.

„Hier stand die Synagoge, die am 9. November 1938 durch die Nazis entweiht wurde. Heiligtümer und Schriften verbrannten. Wir gedenken der Opfer und Verfolgten der jüdischen Gemeinde Burgenach. Schalom. Friede“, las er den eingravierten Text vor.

„Na ja, das stimmt nicht ganz“, meinte Ronny nach einem Blick auf sein Handy. „Die Synagoge stand weiter hinten, eben da, wo jetzt der Parkplatz ist. Behauptet jedenfalls meine App.“

Er ging auf ein braunes Schild zu, das mit dem Stadtwappen von Burgenach versehen war, und las den aufgedruckten Text. Silas las mit.

„In Köln sind 1236 erstmals Juden aus Burgenach erwähnt. Am 1. Mai 1265 verbrannten einundsechzig Personen (Männer, Frauen und Kinder) in der angezündeten Burgenacher Synagoge. Ihr ehemaliger Standort ist unbekannt. 1287 starben noch einmal einundvierzig Juden, weitere Judenpogrome folgten“, stand in dem ersten Absatz auf dem schlichten Schild. Der Rest des Textes fasste das zusammen, was sie heute Morgen im Unterricht gelernt hatten.

„Ein bisschen mickrig, das Denkmal, für so viele Tote!“, bemerkte Ronny, bevor er den allerletzten Satz auf dem Schild laut vorlas.

„Wie verneigen uns vor den unbekannten Opfern und den Namen der dreiundzwanzig Juden, die in den Jahren 1942 und 1943 von den Nationalsozialisten deportiert und ermordet wurden.“

Ronny trat einen Schritt zurück und betrachtete die Bodenplatte zwischen den Bänken. Plötzlich stieß er Silas an und zeigte auf die Namen, die die Messingoberfläche trug.

„Der dritte von unten!“, rief er.

Silas zählte die Namen ab und erschrak, als er den Namen erkannte.

„Leopold Bernstein" stand dort in glänzenden Buchstaben.

Es dauerte eine ganze Weile, bis die beiden ihren Blick wieder von der Bodenplatte abwenden und sich auf den Heimweg machen konnten.

„‚Lieber Leopold' gehörte zu den deportierten Burgenacher Juden!", rief Ronny und lehnte sein altersschwaches Bike an eine der Tannen, die im Halbkreis um den roten Caritas-Bus herumstanden. Er war soeben als Letzter an der Zentrale der Detektei Anton angekommen und war etwas außer Atem. Seine Haare waren verschwitzt. Er hatte Silas zwar von hinten sehen, aber nicht mehr einholen können.

„Du hattest echt ein ganz schönes Tempo drauf, Silas", lobte er seinen Freund, der kurz vor ihm angekommen war.

Der errötete leicht.

„Caruso hat mich gezogen", gab er zu. „Ich musste ihm auf den Fersen bleiben."

Rahel kam aus dem Bus. Sie warf einen Blick auf Ronny, der gerade sein nasses T-Shirt ausziehen wollte, um Dampf abzulassen. Als er Silas' Schwester sah, ließ er es sein. Das Mädchen las den Spruch auf Ronnys T-Shirt: „Einer von uns beiden ist klüger als du."

„Ha, ha!", machte sie. „Jedenfalls seid ihr beide zu spät."

„Tut mir leid", sagte ihr Bruder. „Habe mich in der Chronik von Burgenach festgelesen. Ist Sophia auch schon da?"

„Allerdings, und Onkel Anton auch", antwortete Rahel. „Du hast ja seltsame Hobbys." Sie rümpfte die Nase. „Wenn Klugheit müffelt, seid ihr beide tatsächlich schlauer als ich. Die arme Sophia kippt garantiert um, wenn ihr so den Bus betretet."

Jetzt war es an Ronny, knallrot zu werden. Er hätte trotz der knappen Zeit doch besser duschen sollen! Sein Blick fiel auf Rahels noch feuchte Haare. Da sie schon vor Silas am Bus gewesen war, schloss er, dass sie direkt vom Thermalbad hierher gefahren war.

„Du hast leicht reden als Schwimmerin, da wird man automatisch sauber", versuchte er sich zu rechtfertigen.

„Und du kommst doch von zu Hause. Habt ihr kein fließend Wasser?", gab sie zurück.

Ronnys Lippen wurden schmal. Er verzichtete darauf hinzuweisen, dass er vom Training in der Turnhalle kam. Davon brauchten die anderen nichts zu wissen. Trotzdem schmerzte die Bemerkung über seine ärmlichen Verhältnisse, auch wenn es ein Scherz gewesen war.

„Rahel, lass das", wies Silas sie zurecht. „Das ist nicht nett."

„Zu spät kommen ist auch nicht nett", beharrte seine Schwester.

Silas seufzte. Das konnte ja lustig werden.

„Ich hole Sophia raus. Sie kann auch hier draußen vorlesen. Ich will endlich wissen, was in dem Brief steht."

Rahel drehte sich um und ging zur Schiebetür. Ronny wischte sich über die Stirn und kämmte die Haare notdürftig mit den Fingern. Dadurch sah er zwar auch nicht besser aus, aber als die Mädchen und Anton zu ihnen herauskamen, schien Sophia sein Aussehen gar nicht zu bemerken. Ihr Gesicht blieb ernst, auch als sie den Spruch auf seinem T-Shirt las.

„Leopold Bernstein gehörte zu den deportierten Juden aus Burgenach", wiederholte Ronny seine Bemerkung von eben und reichte Anton sein Handy. „Ich hab die Namensliste an der Gedenkstätte in der Stadt fotografiert."

„Hm, hm", nickte Anton. „Bern... Bernstein steht da!", behauptete er, obwohl er gar nicht so schnell lesen konnte und das Smartphone auch sofort an Sophia weitergegeben hatte.

„Deportiert heißt, sie haben Leopold abgeholt und in ein schlimmes Gefangenenlager gebracht, Anton", erklärte Silas seinem Onkel. „Dort sind viele gestorben, weil sie hart arbeiten mussten und nicht genug zu Essen und keine warme Kleidung hatten."

„D... D... Das i... ist schlimm!", stotterte Anton. „Ha... Haste gehört, Rahel, schlimm is das!"

Dann ging er zur Ladefläche und holte die fünf alten Campingstühle heraus, die seit gestern das Mobiliar des Busses ergänzten. Sie waren schon ziemlich abgenutzt, aber bequemer als der Waldboden. Für Sophia und Rahel klappte Onkel Anton die Stühle aus und stellte sie nebeneinander auf. Den Jungs drückte er ihre in die Hand.

„Danke, Anton", sagte Sophia. „Du bist ein echter Gentleman!"

Anton kicherte.

„B... Bitte!", sagte er.

„Ich kann das auch alleine", murmelte Rahel.

„Ja, klar, ist ja auch einfacher, als Danke zu sagen, oder?", fragte Ronny genervt.

Rahel starrte ihn wütend an, sagte aber nichts mehr. Sie war sauer, weil sie eine Fünf in Französisch kassiert hatte und Madame Müller auf so einer blöden Unterschrift der Eltern im Hausaufgabenheft bestand. Wer konnte denn ahnen, dass die Lehrerin schon am dritten Schultag Vokabeln abfragte!? Heute Abend würde sie wahrscheinlich noch ewig an der Zusatzaufgabe sitzen. Von Mamas enttäuschtem Blick ganz zu schweigen.

„Kann ich anfangen?", fragte Sophia leise.

Sie hielt den alten Umschlag mit dem Brief und Blätter mit einem ausgedruckten Text auf dem Schoß.

„Ja, bitte", antwortete Silas. „Danke übrigens fürs Übersetzen."

„Danke", murmelte Rahel.

„Geht doch", sagte Ronny.

„Halb so wild", meinte Sophia. „Aber ich hoffe, ihr sitzt gut, denn das hier haut einen echt um."

Sie hielt den Text etwas hoch. Rahel schmunzelte kurz. Sophias Ausdrucksweise hatte sich schon ein wenig an die normaler Schüler angepasst.

„Es kann auch sein, dass ich vielleicht zwischendurch etwas stocke. Also, es geht los."

Rahels Freundin rückte ihre Brille zurecht. Sie begann, langsam und leise, aber mit deutlicher Stimme vorzulesen.

Lieber Leopold!

Ich weiß, dass meine Reue nichts mehr ändern kann. Es ist zu spät. Ich kann nichts mehr für Dich tun. Nachts schlafe ich nicht, weil ich an Euch denken muss. Wie gerne würde ich alles ungeschehen machen. Ich wünschte, es hätte die NSDAP nie gegeben! Eure Straße hieße heute noch Judengasse, und aus der Nummer 13 würden Euer Lachen und Eure Musik klingen ...

Aber so ist es nicht. Denn ich, Martha, ich habe Dich in den Tod geschickt. Ich, Martha, bin Deine Mörderin!

Ach, hätten wir doch nie Verstecken auf Eurem Hof gespielt! Dann hätte ich Dein Versteck nicht gekannt. Ich hätte Dich diesen Verbrechern nicht ausliefern können ... Ich wusste doch nicht, was geschehen würde! Aber das soll keine Entschuldigung sein. Nein, ich bin nicht besser als sie. Nur zu gern habe ich geglaubt, was sie uns erzählten. Es gefiel mir, dass ich besser sein sollte als Ihr, die Juden. Weil ich blond und deutsch bin, eine Arierin. Weil ich Christin bin. Dabei verdiene ich es gar nicht, diesen Namen zu tragen ...

Unsere Mutter, ja, sie war Jesus Christus ähnlich, voll Liebe und Mitgefühl für Euch und all die anderen Verachteten und Geschmähten ... Weißt Du noch? Im Scherz nannte sie Dich manchmal Lazarus, weil Du wie ein Bruder für uns warst, für mich und Maria. Und wie froh glänzten Deine Augen, wenn sie Dich so nannte!

Oh, Leopold! Was haben Deine Schwestern Dir angetan?

Mama, unsere liebe und fromme Mama, hat uns Namen aus der Bibel gegeben. Sie erzählte uns von Maria, die zu den Füßen des Heilandes saß, und Martha, die ihm diente. Martha ... Ich verdiene auch diesen Namen nicht. Ich habe Jesus nicht gedient. Ich bin wie Judas, denn ich bin eine Verräterin.

Ja, Leopold, Deine Schwestern Maria und Martha haben Dich verraten! Ich weiß, Du hast dafür mit deinem Leben bezahlt. Wie gern würde ich jetzt zu Jesus laufen, mich weinend zu Boden werfen und ihn anflehen, Dich lebendig zu machen, aber es ist zu spät. Zu spät, welch seltsames Wort für ein Mädchen, das nicht einmal 17 ist. Doch ich fühle mich krank, und wer weiß schon, wie lange dieser Krieg und unser Leben dauern ... Ich höre die Granaten und Geschütze der Amerikaner. Sie kommen von Westen und rücken immer näher. Ihre Flugzeuge sammeln sich am Himmel wie Vogelschwärme im Herbst. Vielleicht erobern sie noch heute die Brücke. Ich weiß, dass dieser Brief Dich nie erreicht, aber trotzdem schreibe ich ihn.

Lieber Leopold, ich bereue tief. Bitte vergib mir, was ich getan habe! Ich hoffe, Gott ist mir gnädig.

Deine Martha

Sophia ließ den Brief sinken. Sie war trotz ihrer Warnung ohne zu stocken bis zum Ende gekommen, aber in ihren Augen glitzerten Tränen. Minutenlang sagte niemand etwas. Sogar Onkel Anton war verstummt. Caruso hatte sich zu seinen Füßen niedergelassen und seufzte tief. Er spürte genau, was in den Jugendlichen vorging. Verstohlen wischte Rahel sich über die Augen. Silas zog die Nase hoch, und Ronny murmelte etwas von Heuschnupfen.

„Ich habe euch allen eine Kopie ausdrucken lassen", meinte Sophia schließlich und teilte jedem ein Blatt Papier aus.

„Mann, jetzt kann ich fast verstehen, warum die Kragenbeck so engagiert ist. So etwas darf sich einfach nie mehr wiederholen!", stieß Silas hervor.

Ronny nickte.

„Glaubt ihr, Martha lebt trotzdem noch?", fragte Rahel leise.

„Wenn sie im März 45 nicht einmal 17 war, ist sie jetzt etwa 91 oder 92. Möglich wäre es", antwortete Ronny. „Theoretisch."

Rahel schüttelte den Kopf.

„Ich glaube, sie hätte das Kästchen ausgegraben."

„Warum? Leopold war doch tot, schreibt sie. Der Brief sollte nie abgeschickt werden. Deswegen hat sie auch ‚Judengasse' draufgeschrieben", wandte Ronny ein und erklärte, was sie heute im Geschichtsunterricht über die Straßennamen gelernt hatten.

„Ja", nickte Silas. „Vielleicht wollte sie wenigstens der Straße ihren Namen wiedergegeben."

„Wahnsinn", meinte Rahel.

„J... Ja, W... Wahnsinn", bestätigte Onkel Anton. „Wahnsinn ist das, Rahel."

„Ja, Wahnsinn. Wie können Menschen einander so etwas antun? Das ist doch krank!", empörte sich Rahel plötzlich.

„Du weißt nicht, was du getan hättest, wenn du so aufgewachsen wärst", wandte Silas leise ein.

„Na, so was ganz bestimmt nicht", behauptete seine Schwester.

Silas atmete tief ein.

„Ich weiß nicht", gab Sophia nachdenklich zu. „Aber ich weiß, was ich heute tun kann. Ich gehe jedenfalls morgen zu diesem Vortreffen der Stolpersteine-AG. Das ist das Mindeste."

„Woher weißt du von dem Treffen?", fragte Ronny.

„Das, Watson, flimmert seit Montag über unsere Anzeige vor dem Sekretariat."

Sophia lächelte. Die digitale Anzeige-Tafel ersetzte seit diesem Schuljahr die altmodische Pinnwand, die unten im Keller vor der kleinen Turnhalle angebracht gewesen war.

„Ich möchte mithelfen, dass Leopold nicht vergessen wird. Er nicht und das Unrecht, das man ihm angetan hat."

„Meine Güte, die waren alle kaum älter als wir", murmelte Silas und stand ächzend von seinem Campingstuhl auf.

4. MAI 1942

„Höre, o Gott, mein Schreien, achte auf mein Gebet! Vom Ende der Erde rufe ich zu dir", betete Leopold laut.

Das war aus einem Psalm, der ihm einfiel. Er passte, zumindest war er unter der Erde. Wer hatte das noch gebetet? War es David gewesen? Der große, tapfere König David? Das, was Leopold fühlte, war von Mut und Tapferkeit so weit entfernt wie Kerzenschein von Sonnenlicht. Sein Magen knurrte. An den Schnaps wagte er sich nicht mehr. Der vertrieb zwar Kälte und Hunger, aber er benebelte auch den Verstand. Und Kurt würde doch kommen, um ihn zu holen. Auf der Flucht musste er klar im Kopf sein.

„Vom ... vom Ende der ... der Erde rufe ich zu dir", wiederholte er stammelnd. „Da mein Herz verschmachtet: Führe du mich auf den Felsen, der mir zu hoch ist! Denn du bist meine Zuflucht geworden, ein starker Turm vor dem Feind. Lass mich ewiglich wohnen in deinem Zelt, mich bergen im Schatten deiner Flügel."

Was hieß das noch auf Hebräisch? Leider beherrschte er diese Sprache kaum. Ob es besser wäre, auf Hebräisch zu beten? Würde der Allmächtige, der „Ich bin, der ich bin", ihn dann eher hören, wenn er in der Sprache seines Volkes zu ihm sprach? Die Juden waren doch noch sein Volk, oder?

Leopold schrak zusammen. Was war das da draußen? Etwa Schritte? Kam Kurt endlich zurück? Rasch drückte Leopold mit feuchten Fingern den Kerzenstummel aus, der ihm geblieben war. Die Flamme knisterte nur kurz, aber kein Qualm entstand, dessen

Geruch ihn hätte verraten können. Er merkte nicht, wie er den Atem anhielt.

„Höre, o Gott mein Schreien, achte auf mein Gebet! Vom Ende der Erde rufe ich zu dir, da mein Herz verschmachtet."

Lautlos formte sein Mund die ewigen Worte, und lautlos schrak er zusammen, als schwere Stiefel auf die Holzplatte traten.

„Führe du mich auf den Felsen, der mir zu hoch ist! Denn du bist meine Zuflucht geworden, ein starker Turm vor dem Feind", betete sein Herz, als sich die Luke öffnete und eine Männerstimme an sein Ohr drang.

„Die Mädchen hatten recht! Hier steckt er."

Eine Taschenlampe leuchtete ihm mitten in das lehmverschmierte Gesicht. Schützend hob er die Hände. Aber er sah genug, um zu wissen, dass es aus war.

„Dieses Dreckspack versteckt sich in den kleinsten Mauselöchern."

„Lass mich ewiglich wohnen in deinem Zelt, mich bergen im Schatten deiner Flügel."

SCHULD UND SÜHNE

Als Rahel und Silas mit Onkel Anton nach Hause kamen, war Mama immer noch in Arbeitskleidung. Die Renovierung von Opas altem Elternhaus, in dem sie ihre neuen eigenen Zimmer bekommen sollten, kostete viel Zeit, und Handwerker waren teuer. Die Geschwister sahen gerade noch, wie ihre Eltern die Baustelle betraten. Nur die untere Etage war bereits fertig. Sie enthielt Papas Kanzleiräume, in denen er donnerstags und freitags arbeitete. Ein Extra-Eingang führte zum Elternschlafzimmer und zu einem Gäste-WC.

„Ich springe schnell unter die Dusche", meinte Silas und schob sein Fahrrad Richtung Schuppen.

„Ja, ist besser so", sagte Rahel und sah zu ihrem Onkel.

Er hatte sein Rad schon ordentlich abgestellt und steuerte jetzt geradewegs auf den Eingang des alten Hauses zu.

„He, wo willst du hin?", rief sie ihm hinterher.

„H... Helfen!", antwortete er, ohne sich umzudrehen.

Nachdem Rahel den Schuppen abgeschlossen hatte, folgte sie Anton und ging bis in die erste Etage, in der die neue Küche, das große Bad und die Jugendzimmer untergebracht werden sollten. Mama kniete auf dem Boden und spachtelte irgendwelche Schlitze in der Wand zu.

„W... Was ist das, Ma... Mama, Ha... Hannah?“, fragte Anton.

Es kam nicht zum ersten Mal vor, dass er sich vertat und Rahels Mutter mit „Mama“ ansprach. Sie war schließlich auch eine Mutter, und trotzdem zuckte Rahel jedes Mal innerlich zusammen. Oma war noch nicht so lange tot, und doch sprach Anton kaum von ihr. Er suchte oft Hannah Schmicklers Nähe. Männer, selbst sein eigener Bruder, schienen ihm nicht so wichtig zu sein.

„Und hier, Liebling“, versprach Papa gerade begeistert, „lasse ich dir deine Traumküche einbauen!“

Mama lachte.

„Ach, Liebling, von Träumen wird man nicht satt! Es reicht vollkommen, wenn alles funktioniert. Ich will in der Küche schließlich nicht träumen, sondern kochen.“

„Schade!“, sagte Papa und guckte etwas enttäuscht.

Mama stand auf und umarmte Papa, obwohl der noch seinen schicken Anzug trug und sie von oben bis unten staubig war.

„Aber danke, Paul, dass du mir eine Freude machen willst“, sagte sie, ließ Papa wieder los und grinste. „Deswegen wünsche ich mir einen Spitzen-Gasherd, damit du mir nicht zu billig davonkommst!“, drohte sie an.

„Es wird mir ein Vergnügen sein, Frau Schmickler“, lachte Papa und verbeugte sich.

Dann begann er, unkontrolliert und mit wenig Erfolg auf seinem Anzug herumzuklopfen.

„Aber Sie haften für den Schaden, den Sie hier angerichtet haben, und kommen für die Reinigungskosten auf!“, sagte er.

Mama kniff die Augen zusammen und sah so aus, als hätte sie Lust, etwas von der grauen Spachtelmasse auf Papa zu werfen, damit sich die Reinigung auch lohnte.

„Was ist das?“, fragte Anton noch einmal und kam näher.

Erst jetzt bemerkte ihn sein Bruder.

„Hallo, Anton!“, sagte Papa.

„Wa... Was das is, hab ich gefragt“, ließ sich Onkel Anton nicht beirren.

„Das ist Mauermörtel“, antwortete Mama. „Der Elektriker ist endlich fertig, und Paps und ich können die Schlitze zumachen. Hallo, Rahel!“, begrüßte sie dann ihre Tochter.

„Hallo“, sagte Rahel.

„Hi, Große“, sagte Papa. „Ich geh mich dann mal umziehen und komme dir helfen“, schlug er seiner Frau vor.

„Lieber nicht“, wehrte Mama ab. „Anton und Rahel sind ja jetzt hier, und du bist gerade erst nach Hause gekommen. Arbeite ruhig ein bisschen an deiner Liste, Liebling. Wir hören sowieso bald auf.“

„Ah, das ist gut“, sagte Papa erleichtert und ging zurück in den Flur. „Bis gleich dann.“

„Bis gleich, Liebling.“

„Na, Schatz?“, fragte Mama ihre Tochter und spachtelte weiter. „Wie war dein Tag?“

Anton griff sich Kehrblech und Handfeger und begann, die heruntergefallenen Klümpchen und Kabelreste zusammenzukehren.

Rahel dachte an die Fünf und den Brief aus dem Zweiten Weltkrieg. Beides lag ihr schwer im Magen. Dabei war der leer, und sie spürte deutlich, wie hungrig sie war.

„Joa ... Ist das schwierig?“, fragte sie, um von sich abzulenken, und zeigte auf die Schlitze.

„Nein, eigentlich nicht. Opa hat es mir gut erklärt. Man muss den Staub und Dreck vom Stemmen rausfegen und dann die Schlitze anfeuchten, bevor der Mörtel reinkommt.“

„Warum?“

„Hm, ich denke, damit der Mörtel gut haftet.“ Sie lachte.

„Ein Zahnarzt macht doch auch keine Füllung in den Zahn, ehe nicht die Kariesstellen entfernt sind."

„Autsch", machte Rahel. „Das stimmt. Das sähe nur eine Weile schön aus, aber die Schmerzen kommen bestimmt."

„Ja, und hier ... ", Mama zeigte auf die übrigen Schlitze, „... würde die schöne Fassade wohl wieder abfallen. Nur drüberspachteln reicht eben nicht. Erst muss der Dreck weg." Sie grinste. „Wenn man alles richtig macht, sitzt der Mörtel bombenfest in der Wand."

„Was kann ich tun?", fragte Rahel.

Mama guckte in ihren Eimer. Die Spachtelmasse war fast aufgebraucht. An der Wand lehnte die Bohrmaschine mit dem Quirl, die sie zum Anrühren des Mörtels benutzt hatte. Der Quirl stand in einem Wassereimer.

„Du kannst den Quirl sauber machen und abtrocknen. Ich brauche ihn heute nicht mehr, ich höre jetzt auf", sagte sie und lud die letzten Reste des Mörtels auf die Maurerkelle. „Opa hat bestimmt schon Brote geschmiert."

„Okay", sagte Rahel und griff nach dem Bohrfutterschlüssel.

Eine Stunde später war sie satt. Papa saß wieder an seiner Liste mit den Legaldefinitionen zu biblischen Begriffen, an der er schon seit Wochen herumschrieb, und Rahel hockte vor ihren Hausaufgaben, zu denen auch das Lernen für die Englischarbeit gehörte. Der Zeitraum zwischen Sommer- und Herbstferien betrug dieses Jahr nur wenige Wochen, und manch ein Lehrer hatte den Ehrgeiz, bis dahin die ersten Arbeiten schon zurückgegeben zu haben. Ihre Englischlehrerin gehörte leider auch dazu. Opa hatte beim Abendbrot nach dem Brief gefragt, aber Rahel hatte Silas und Anton reden lassen. „D... Das is schlimm, haste gehört, Papa! Schlimm is das!", hatte ihr Onkel ein ums andere Mal betont.

Aus dem Wohnzimmer tönte Musik. Ach ja, Mama wollte noch eine Stunde proben, das hatte sie beim Abendbrot angedroht. Rahel tastete nach ihren Ohrstöpseln. Wenn sie erst in ihre Zimmer zogen, würde das auch ein Ende haben.

„Lascia ch'io pianga mia cruda sorte", sang Mama, was wahrscheinlich italienisch und damit für Rahel unverständlich war. Über die Ohrstöpsel stülpte Silas' Schwester jetzt noch den neuen Gehörschutzbügel, und dann klappte es erstaunlich gut mit den Hausaufgaben. Als sie fertig war, kam von unten immer noch dieselbe Stimme mit derselben Melodie, allerdings nun mit deutschem Text.

„Jesus, mein Heiland, er starb am Kreuze, gab dort aus Liebe sein Leben für mich."

Ostern, dachte Rahel automatisch und packte ihren Ordner zurück in den Schulrucksack, *mitten im August! Im Mai Weihnachtslieder und im Sommer Ostern. Diese Sänger sind irgendwie verrückt.*

„Er gab sein Leben, er gab sein Leben aus Liebe für mich. Jesus, mein Heiland, er starb am Kreuze, gab dort aus Liebe sein Leben für mich. Sein bitt'res Leiden sühnt meine Sünde. Sein Todesschmerze tilgt meine schwere Schuld."

Schuld! Das Wort traf Rahel und ließ sie innerlich zusammenzucken. Sofort dachte sie an Martha, die sich selbst als Mörderin bezeichnet hatte. Oha, das war eine schwere Schuld! Zentnerschwer. Zu schwer. Das konnte man doch nicht so einfach wegfegen wie Dreck aus Kabelschlitzen oder wegbohren wie Karies aus einem kranken Zahn! Diese Schuld blieb für immer. Sie klebte an den Tätern wie ... wie der Mörtel in der Wand, oder? Wie konnte man damit nur weiterleben?

„... schwere Schuld", tönte es wieder von unten.

Offensichtlich gefiel Mama der Sitz des Tones nicht, denn sie wiederholte die Stelle noch ein paar Mal, bis sie zufrieden war.

„... schenkt mir neues, ew'ges Leben und macht mich völlig frei!", ging es endlich weiter.

Ob man von so einer Schuld wirklich frei werden konnte? Völlig frei? Leopold blieb schließlich tot, oder? Warum sollte der Täter frei leben dürfen? War das nicht ungerecht? Wie sollte das also funktionieren?

„Jesus, mein Heiland, ist auferstanden, sitzet Gott zur Seite; das Grab, es ist nun leer. Er hat gesieget, er hat gesieget! Der Tag vertreibt die Nacht. Jesus, der Sieger, ist auferstanden, sitzet Gott zur Seite, vorbei des Todes Macht!"

Unten klappte nach der triumphierenden letzten Note der Klavierdeckel leise zu. Rahel hörte es nur, weil sie schon im Flur war. Sie hielt ihr Hausaufgabenheft in der Hand.

„Ach, das ist einfach herrliche Musik, dieser Händel war ein Genie", sagte Mama und lächelte Rahel an, als sie das Wohnzimmer betrat. Ihre Augen strahlten, wie immer, wenn sie gesungen hatte.

„War dieser Händel auch Jude?", fragte ihre Tochter, um den Moment der Wahrheit noch etwas hinauszuzögern.

„Nein", antwortete Mama. „Er war evangelisch, deshalb hat er auch viel Kirchenmusik geschrieben. Das Stück ist allerdings aus einer Oper. Es ist nicht für das jüdische Programm, mir ist der Text nur zwischendurch eingefallen."

„Du hast das wieder selbst geschrieben?"

„Ja, gefällt es dir?"

Rahel wollte nicht lügen. Wenn es alles stimmte, auch dass der Tod keine Macht mehr hätte, wäre es tatsächlich schön. Schön nicht nur für Leopold, auch für Oma und für jeden anderen Menschen, der das glauben konnte. Sie nickte deshalb.

„Ich finde, die Musik passt einfach so gut zu dieser unglaublich guten Botschaft", sagte Mama.

Unglaublich, ja, das trifft es, dachte Rahel.

„Man kann den traurigen Text der ersten Strophe genauso gut dazu singen wie die frohe Botschaft in der zweiten Strophe. Mal klingt es traurig, mal fröhlich. Genial."

„Warum übersetzt du so was andauernd?", fragte ihre Tochter.

Es klang genervter, als sie es eigentlich sagen wollte. Mama sah sie verwundert und auch etwas verletzt an.

„Aber das stimmt doch gar nicht, Rahel. Ich habe nur eine Handvoll Lieder übersetzt oder einen neuen Text dazu geschrieben!"

„Na ja, und warum machst du das, wenn doch schon ein Text da ist?"

Mama hob die Schultern.

„Ich weiß nicht. Vielleicht fallen mir die richtigen Worte dazu ein, weil ich die Noten auswendig kann? Manchmal packt mich eine Melodie einfach und erinnert mich an etwas aus Gottes Wort."

Rahel schwieg.

„Und manchmal lässt mich etwas nicht los, weil es so hoffnungslos klingt. Hier zum Beispiel ist etwas aus dem jüdischen Programm. Es ist das komplette Gegenteil von dem, was ich gerade gesungen habe, und hat mich auf diese andere Weise berührt. Warte, ich hab's gleich."

Eifrig kramte Mama in ihrem Ordner und legte Rahel ein Foto vor. Es zeigte einen Grabstein, auf dem ein englischer Text stand. Es war ein Gedicht, das sah sogar Rahel, und sie seufzte, als sie sah, dass es auf Englisch geschrieben war.

„Das steht auf dem Grabstein des jüdischen Komponisten Kurt Weill", erklärte Mama. „Er musste vor den Nazis erst nach Frankreich und dann nach Amerika fliehen. Dieser Text hat mich so beschäftigt, dass ich versucht habe, es ins Deutsche zu übertragen. Ist es nicht traurig, wenn jemand so ohne Hoffnung stirbt?"

Rahel wusste nicht, was sie dazu sagen sollte, denn sie hatte gar nicht alles in dem Text verstanden.

„Es tut mir so leid für diese arme, empfindsame und verlorene Künstlerseele", sagte Mama und reichte Rahel ein zweites Blatt, auf das sie ihre deutsche Übertragung geschrieben hatte. „Leider kann man ihm nicht mehr helfen." Still überflog ihre Tochter die Worte:

„Ein Zugvogel fliegt aus der Nacht
In ein Zimmer so hell und schön
Fliegt hindurch und hinaus in des Dunkels Macht
Auf Nimmerwiedersehen.
So lebt auch der Mensch auf Erden
Aus der Dunkelheit werden
Wir in das Licht geboren.
Dann gehen wir vorwärts und wieder im Dunkel verloren."

„Gruselig", sagte Rahel.

„Warum gruselig?", fragte Mama.

Rahel zögerte kurz, denn sie fragte sich auf einmal, ob das die logische Folge war, wenn man nicht an einen Gott glaubte und erst recht nicht an einen, der den Tod besiegt hatte: in der Dunkelheit verloren zu sein? Allein im Weltall unter einem Himmel ohne Sterne? Allein mit seiner Schuld? Doch dann schüttelte sie den unangenehmen Gedanken schnell wieder ab, bevor er sich in ihrem Kopf festsetzen konnte.

„Dann musste der ja erst Französisch und dann auch noch Englisch lernen!", antwortete sie. „Äh, und apropos Französisch ... Also, ich brauche da noch eine Unterschrift von dir ..."

Mit diesen Worten reichte sie ihrer Mutter endlich das Hausaufgabenheft.

4. MAI 1942

Zusammen mit ihrer Schwester und den anderen Schülern stand das Mädchen oben am Hügel und sah auf die Gruppe herab. Tatsächlich, da kamen sie. Sie hatte recht gehabt! Maria richtete sich auf und nahm die Schultern zurück. Das hier war ihr Erfolg, und niemand sollte ihr eine schlechte Haltung nachsagen. Nicht, wenn sie den langen, dunklen Rock und die weiße Bluse trug. Ein Lächeln erschien auf ihrem Gesicht. Aber es war nicht freundlich, sondern triumphierend und verschwand auch sofort wieder. Mit unbewegter Miene verfolgte sie, wie die Männer in den Uniformen den zerlumpten Jungen vor sich herschoben. Er wehrte sich nicht. Stumm ließ er sich führen und hielt den Blick auf die Erde gerichtet. Die Bürger von Burgenach, die neugierig zuschauten, wichen zurück, als der aufgegriffene Flüchtling an ihnen vorbeigeführt wurde. Es sah fast so aus, als hätten sie Angst, sich mit irgendetwas anzustecken.

„Das waren wir", flüsterte Maria ihrer Schwester Martha zu. „Uns haben sie das zu verdanken! Wir mussten das tun, hörst du?!"

Maria zeigte auf die braunen Uniformen. Bis zu diesem Moment hatte Martha kaum gewagt hinzusehen, aber jetzt hob sie den Kopf. Sie konnte nicht anders. Eine unsichtbare Schnur zog ihn nach oben, wie bei einer Marionette. Marthas Augen folgten dem ausgestreckten Arm der Puppenspielerin, und Maria ließ nicht locker. Unbarmherzig und anklagend zeigten ihre Finger auf den Jungen zwischen den Soldaten. In diesem Moment hob auch der Gefangene den Kopf. Leopolds blaue Augen suchten in der Menge nach einem vertrauten Gesicht und fanden es. Er lächelte vor Wiedersehensfreude. Sein Blick ließ Marthas Herz aussetzen. Als es endlich weiterschlug, wusste sie, dass sie einen furchtbaren Fehler gemacht hatte! Sie hätte nicht auf ihre Schwester hören sollen! Sie hätte sie stoppen müssen! Das hier war ein Mensch. Einfach ein Mensch, genau wie sie, nur hungrig und müde ...

„Was habt ihr getan?", fragte Kurt und riss Maria an der Schulter herum.

Sie war überrascht, den Jungen mit dem steifen Bein zu sehen, aber sie musste nicht lange über die Antwort nachdenken.

„Unsere Pflicht!", sagte sie fest und hob das Kinn. „Wir haben nur unsere Pflicht getan!"

Martha senkte den Kopf und weinte lautlos.

DIE STOLPERSTEINE-AG

Der Andrang im Musikraum hielt sich in Grenzen. Es war noch viel Platz. Trotzdem sah Angie sehr zufrieden aus. Durch die Anwesenheit der fast vollständigen Detektei Anton hatte sich die Mitgliederzahl der Stolperstein-AG glatt verdoppelt. Sophia sah in die Runde. Mirco war dabei, ein pickliges, dürres Mädchen von der Schülervertretung und zwei andere, jüngere Mädchen, die sie noch nicht kannte. Sophia beugte sich zu Rahel, die neben ihr saß.

„Wart ihr eigentlich schon bei den Marias? Das habe ich gestern ganz vergessen zu fragen."

„Nein, noch nicht. Ich hatte gestern Training und zu viel Hausaufgaben, aber heute Nachmittag klappern wir die ab", versprach Rahel.

Sophia nickte. Sie schaute nach links. Ronny lächelte ihr zu, Silas kramte in seinem Rucksack.

„So", sagte Frau Kragenbeck in diesem Moment. „Schön, dass ihr da seid." Sie blickte wohlwollend auf die acht Schüler. „Wir haben nicht viel Zeit, die Pause ist kurz, deswegen fange ich gleich an."

Silas ließ den Rucksack zu Boden sinken und sah die Lehrerin neugierig an. Frau Kragenbeck setzte sich an einen der

Schülertische statt an den für die Lehrer gedachten und kam sofort zur Sache. Das war typisch für Angie, so viel hatte Rahel schon über sie gelernt. Die Lehrerin redete nie um den heißen Brei herum.

„Es gibt eine kleine Planänderung. Der Burgenacher Stadtrat hat das Thema Stolpersteine vorgezogen. Es steht bereits wieder am Montag um 17:30 Uhr auf der Tagesordnung."

„Jetzt Montag?!", fragte Miriam, das Mädchen von der SV, entsetzt.

„Ja. Das steht schon länger fest, aber leider habe ich erst gestern auf der Homepage der Stadt nachgesehen. Das war mein Fehler, tut mir leid."

Rahel zog die Augenbrauen hoch. Ein Lehrer, der zugab, einen Fehler gemacht zu haben. Nicht schlecht!

„Das heißt, auch wir wären früher dran. Schon Montag müssten ein oder zwei von euch vor den Kommunalpolitikern sprechen, wenn ihr wollt."

„Das schaffe ich nicht", murmelte Miriam enttäuscht. „Wir sind am Wochenende nicht da."

Frau Kragenbeck seufzte kurz und rückte ihre dicke Brille zurecht. Dafür benutzte sie den rechten Mittelfinger und schob die Brille am Mittelsteg höher in Richtung Nasenwurzel. Es störte Rahel.

„So ist das eben manchmal in der Politik. Die Lage ändert sich. Man muss flexibel sein und darauf reagieren. Ich weiß, dass es knapp für euch wird, deswegen wollte ich euch wenigstens heute und nicht erst morgen informieren. Außerdem biete ich an, dass ihr mir die Rede bis Sonntagnachmittag schicken könnt, ich schaue dann drüber. Mirco, Julia, Miriam und Caro haben alle nötigen Informationen, die wir bis jetzt zusammengetragen hatten. Es gibt einen Gruppenchat unserer AG, Administratorin ist Miriam."

Als sie sah, dass Ronny sein Handy zückte, lächelte sie.

„Die Nummern tauscht ihr bitte nach dem Unterricht aus, Ronny."

Ronny verdrehte die Augen und ließ sein Smartphone wieder verschwinden.

„Außerdem findet ihr auch fast alles auf der Lernplattform des MCG. Wir fangen also nicht ganz bei null an, sondern sind eigentlich gut vorbereitet."

„War das alles?", fragte Caro und griff ihren Rucksack.

„Fast", antwortete Frau Kragenbeck und stand auf. Sie rückte noch einmal ihre Brille zurecht. „Wir haben von Herrn Dr. Funke eine alternative Zeit für die AG angeboten bekommen. Die Näh-AG findet im Moment mangels Nachfrage nicht statt. Was haltet ihr davon, auf die siebte Stunde donnerstags zu wechseln?"

„Ich bin dafür!", rief Rahel sofort.

Auch die anderen sieben Schüler nickten.

„Dann haben wir das ja schnell geklärt", meinte Frau Kragenbeck zufrieden. „Ich werde Herrn Funke noch heute Bescheid geben."

Julia, eine der jüngeren Schülerinnen, meldete sich, obwohl sie bis jetzt alle einfach so gesprochen hatten.

„Ja, Julia?", rief die Geschichtslehrerin sie auf. „Sprich einfach."

„Ach ja ... ach so."

Das Mädchen nahm die Hand wieder runter.

„Nun, was ist?"

„Ich ... ich wollte eigentlich fragen, warum ... äh, warum setzen Sie sich eigentlich überhaupt so sehr für diese Stolpersteine ein? Ich ... ich meine, gibt es da einen besonderen Grund? Die anderen Geschichtslehrer ... "

Das Mädchen wurde rot, noch bevor es die Frage zu Ende gestellt hatte.

Die Lehrerin sah auf die Uhr. Dann setzte sie sich wieder und wartete einen Moment.

„Also gut, Julia“, sagte sie dann. „Für eine kurze Erklärung bleibt noch Zeit.“

Sie wandte den Blick von dem Mädchen und sah jetzt über die Schülergruppe hinweg. „Wisst ihr, mein Vater wurde 1925 geboren. Er war zeit seines Lebens ein glühender Verehrer Adolf Hitlers.“

„Heißt das etwa ... für immer?“, fragte Silas erstaunt, obwohl er sonst nicht dazwischenrief.

„Ja, das heißt es“, bestätigte Frau Kragenbeck sachlich. „Bis zu seinem Tod im Jahr 2003 hat er noch daran festgehalten.“

Ein Raunen ging durch den Raum.

„Als mein Vater in eurem Alter war ...“ Sie stockte, als müsste sie gedanklich die Zeit zurückdrehen, „... da war er wie viele andere junge Menschen auch auf der Suche nach dem Ziel und Sinn des Lebens. Er sehnte sich nach Anerkennung. Er wollte etwas sein und etwas haben, für das es sich zu leben lohnte. Das ist ein ganz normales menschliches Bedürfnis, denke ich, und daran hat sich bis heute nichts geändert.“

So ähnlich hat Opa das doch auch gesagt, dachte Silas kurz.

„Ich will seine Taten weder verteidigen noch entschuldigen, aber ich möchte auch nicht über ihn richten. Wer weiß schon, was er selbst getan hätte? Um einer Irreführung oder auch einer irren Führung ...“

Angie machte eine kurze Pause, um ihr Wortspiel wirken zu lassen, aber keiner der Schüler schien es bemerkt zu haben. Also fuhr sie fort.

„... Widerstand leisten zu können, braucht es eine starke, eigene Überzeugung, einen anderen, festen Halt. Die Methoden der Nationalsozialisten waren perfide.“

Ronny guckte fragend. War das Französisch?

Angies Brille war wieder gerutscht, aber sie schien sie für den Augenblick vergessen zu haben.

„Perfide im Sinne von niederträchtig."

Auch dieses Wort kannte Ronny nicht, obwohl es deutsch klang.

„Das heißt, sie haben die Unerfahrenheit und Leichtgläubigkeit der jungen Menschen ausgenutzt, sich oft über Jahre ihr Vertrauen erschlichen."

Aha, dachte Ronny.

„Wer nicht gelernt hatte, selbst zu denken, oder keine starke, kritische Familie im Hintergrund hatte, wem die Lügen über Rasse, Stolz und Ehre schmeichelten, der wurde in die Irre geführt und später hineingezerrt in einen wahnsinnigen Vernichtungskrieg gegen Juden, Kommunisten, andere Minderheiten und schließlich gegen fast alles und die ganze Welt. Natürlich gab es auch genug, die freiwillig mitmachten und einfach ihren Vorteil suchten."

Angie stoppte kurz, um die Schüler, die jetzt betroffen vor ihr saßen, der Reihe nach anzugucken. Ihre Stimme war fest und sicher, ihre Augen blieben trocken. Bestimmt hatte sie das schon öfter erzählt.

„Überlegt euch also gut, wofür ihr euch begeistern lasst! Vertraut anderen niemals blind. Lernt, Informationen zu überprüfen, bevor ihr sie für wahr haltet. Ihr müsst fähig zum Widerstand sein, da, wo er nötig ist, euch aber auch für eure Überzeugungen einsetzen können, wo euch das wichtig ist. Kurz, ihr sollt mündige Bürger werden. Auch solche Jugendliche gab es damals!"

Silas fielen die Widerstandsbewegungen „Weiße Rose" und „Edelweißpiraten" ein. Darüber hatten sie letztes Halbjahr gesprochen. Auch in Dortmund.

Angie räusperte sich und wandte sich an das Mädchen, das ihr die Frage gestellt hatte.

„Ja, und deswegen mache ich das hier, Julia. Denn Neonazigruppen, Judenwitze, Antisemitismus, falsche Ideologien, all das gibt es leider bis heute. Das ist nicht erledigt", sagte sie und seufzte. „Manchmal denke ich, es ist wie mit den alten Weltkriegsbomben, die man immer noch im deutschen Boden findet. So ähnlich schlummern die kranken Ideen in so manchen Köpfen vor sich hin. Und je länger sie unentdeckt vor sich hin gären, desto gefährlicher und unberechenbarer werden sie. Wenn man plötzlich über sie stolpert, sind sie immer noch explosiv und können großen Schaden anrichten."

Der an Computerspiele gewöhnte Ronny stellte sich einen Kopf vor, der wie ein Pilz aus dem Boden wuchs, anschwoll und schließlich explodierte, weil jemand davor trat. Er guckte Silas an und grinste. Silas, der natürlich nicht wusste, was Ronny dachte, fand das Grinsen unpassend. Er blieb ernst, denn er dachte immer noch an die vielen Jugendlichen, die ihren Widerstand mit dem Leben bezahlt hatten.

„Aber jeder mündige Bürger, der sich, wo nötig, auch politisch engagiert, kann mithelfen, diesen geistigen Zündstoff zu beseitigen. So, genug der Ansprache."

Frau Kragenbeck lächelte und stand endgültig auf.

„Aber warum", fragte Rahel schnell, „warum hat Ihr Vater daran festgehalten, als die ganze Welt um ihn herum in Trümmern lag und alle längst wussten, welche Gräueltaten die Nazis begangen hatten? Das verstehe ich nicht."

Man hörte ihr an, dass sie das für völlig daneben hielt.

„Ja, warum?", meinte Angie und sah noch einmal auf die Uhr. „Darauf habe ich leider keine sichere Antwort, Rahel. Ich vermute aber, dass für ihn und manch andere die Wahrheit einfach unerträglich war. Weißt du, wenn man furchtbare Dinge getan hat, weil man sie für richtig hielt oder für richtig halten wollte, und diese Dinge nicht mehr rückgängig zu machen sind ... dann ... "

Die Schüler sahen Frau Kragenbeck erwartungsvoll an.

„... dann ist es wohl einfacher, die Schuld zu leugnen, als sich ihr zu stellen."

Schuld, da war es schon wieder, dieses Wort!

„Ganz anders als Martha!", flüsterte Sophia ihrer Freundin zu. Rahel zuckte mit den Schultern.

„Noch Fragen? Nein? Dann tschüss bis morgen!", sagte Angie und ging in Richtung Tür.

Doch kurz bevor sie den Raum verließ, stoppte sie noch einmal und drehte sich zu den Schülern um.

„Ich weiß, dass ich die Fehler meines Vaters nicht wiedergutmachen kann. Aber ich kann vielleicht verhindern, dass andere dieselben Fehler machen."

Angie verschwand, und Mirco und die drei Mädchen folgten ihr.

„Wow!", sagte Sophia, als nur noch die Mitglieder der Detektei im Raum waren. „Ganz schön mutig, so von sich zu erzählen."

Ronny nickte.

„Starker Abgang!", lobte er.

„Jetzt, wo ich verstehe, warum sie das macht, helfe ich ihr noch lieber. Ist doch eigentlich cool, dass Angie diese Steine unbedingt verlegen will", meinte Silas.

„Nicht nur Angie", korrigierte Sophia. „Zum Glück ist sie nicht allein."

„Das war ja wohl ein glatter Fehlschlag!"

Frustriert lehnte Rahel ihr Fahrrad an einen Baumstamm in der Nähe der Zentrale. Sophia und Ronny waren diesmal vor den Geschwistern da gewesen, die Frau Knopp, Frau Langenhagen und Frau Ockenfels aufgesucht hatten.

„Keine dieser drei blöden Marias ist die richtige", beschwerte sich Rahel.

„Rahel!", mahnte Silas.

„Ist doch wahr, jetzt fangen wir wieder bei null an. Hast du eine Ahnung, wie viele Marias es in der Umgebung gibt?!"

„Fünfundzwanzig in Brehl und vierhundertsechundachtzig allein in Burgenach", antwortete Ronny wie aus der Pistole geschossen.

„Hast du den Computer des Einwohnermeldeamtes gehackt, Watson?", fragte Rahel.

„Nein, so weit bin ich noch nicht, sonst wüsste ich nämlich auch, wer von denen am 28.11.1928 geboren wurde, wie es auf dem Armband steht. Aber ich arbeite dran."

Ronny grinste, und Rahel fragte sich plötzlich, ob er das wirklich nur im Scherz sagte.

„So lange habe ich im Online-Telefonbuch suchen lassen, nachdem Silas mir die Nachricht von eurem Misserfolg geschickt hatte", erklärte Silas' Freund.

„Super", stöhnte Rahel. „Dann dauert es also höchstens noch sechs Monate, bis wir die alle durchtelefoniert haben."

Sie ging zur Ladefläche des Caritas-Busses und holte eine Wasserflasche und vier Becher.

„Und das sind nur die, die hier wohnen und im Telefonbuch erfasst sind. Vielleicht ist unsere Maria aber auch weggezogen oder ausgewandert oder verstorben", meinte Silas und griff nach dem Becher, den seine Schwester ihm hinhielt.

„Danke, ich war noch nicht frustriert genug!", sagte Rahel. „Mann, das Unternehmen ist doch so gut wie aussichtslos", maulte sie, während sie ihrem Bruder Wasser eingoss.

„Abwarten! Fest steht bis jetzt nur, dass keine der drei neunzigjährigen Marias aus Brehl eine andere Maria kennt, die so alt ist wie sie und eine Schwester namens Martha hat ... äh ... oder hatte."

Silas trank den Becher in einem Zug leer und wischte sich mit dem Ärmel über den Mund.

„Kommt, wir setzen uns rein“, schlug er vor, ließ seinen Rucksack vom Rücken rutschen und zog einen dicken Wälzer heraus. „Ich habe vorhin das Kapitel über die NS-Zeit in der Chronik von Burgenach zu Ende gelesen und bin da auf etwas gestoßen.“

„Das ist die Chronik von Burgenach?!“, rief Rahel. „Hier kann doch unmöglich so viel passiert sein!“

„Doch“, widersprach Silas. „Immerhin ist die kleine Stadt über siebenhundertfünfzig Jahre alt, und dort wohnen ein paar sehr engagierte Hobbyhistoriker.“

Er grinste und ging zur Schiebetür. Mit einem Seufzer ließ er sich auf das bequeme graue Polster fallen. Sophia zog einen der bunten Vorhänge zur Seite, damit etwas mehr Sonne in den Bus fiel.

Silas schlug das dicke Buch bei seinem Lesezeichen auf. Der Text war sehr klein gedruckt, aber es gab auch einige Bilder, die den Text auflockerten.

„Puh!“, machte Rahel. Sie hätte nicht die Geduld gehabt, das alles durchzuarbeiten.

„Hier“, sagte Silas und tippte auf ein schwarz-weißes Foto.

Es zeigte zwei Männer und eine Frau mit langen weißen Schürzen. Die Frau hielt eine riesige Kuh an einem Halfter. Sie standen vor einem Geschäft, über dem das Schild „Metzgerei Teitelbaum“ hing. Für die Kuh war das wohl das letzte Foto gewesen.

„Das ist eine Familie hier aus Brehl. Ihre drei Söhne sind rechtzeitig in die USA geflohen, aber die Eltern Bernhard und Rosalie glaubten, sie seien zu alt, als dass man ihnen etwas antun würde. Das war leider ein Irrtum, denn 1941 wurden sie inhaftiert und von Remagen über Theresienstadt in das Vernichtungslager Treblinka gebracht. 1943 wurden sie dort ermordet.“

„Und was hat das mit unseren Schwestern zu tun?", fragte Rahel.

Silas sah sie verwirrt an.

„Nichts natürlich, aber ich fand es einfach krass, dass so etwas hier vor unserer Haustür passiert ist. Opas Eltern müssen das doch auch mitgekriegt haben zum Beispiel. So weit weg ist das alles gar nicht. Da ist übrigens heute auch eine Gedenktafel angebracht. Also da, wo die Metzgerei mal war. Ist mir nur noch nie aufgefallen, obwohl ich da schon so oft dran vorbeigegangen bin."

„Sollten wir uns mal angucken", schlug Sophia direkt vor.

„Ja", stimmte Ronny sofort zu. „Und was hast du noch rausgefunden?"

Silas lächelte vor Vorfreude auf die überraschten Gesichter der anderen.

„Ihr werdet staunen!", versprach er und blätterte ein paar Seiten weiter. „Hier ist ein kurzer Zeitungsartikel von 1942. Ich hätte ihn fast überlesen, weil er so klein ist."

Er machte eine kleine Pause.

„Ja? Und?!", drängelte Rahel sofort. Sie platzte fast vor Neugier.

„Darin ist die Rede von zwei Mädels vom Jungmädelbund, die belobigt wurden, das heißt öffentlich ausgezeichnet, weil sie einen sogenannten ..."

Silas stockte, nein, er würde das schreckliche Wort nicht aussprechen.

„... äh, weil sie einen Juden seiner ‚gerechten' Strafe zugeführt haben."

„Steht da auch, wie sie das gemacht haben?", hakte Rahel nach.

„Ja, jetzt lass mich doch mal ausreden! Sie haben sein eigentlich genial gutes Versteck auf dem Anwesen der jüdischen Familie verraten. Es gab dort einen doppelten Keller, also noch einen Keller unter dem eigentlichen Keller. Der Bruder des Eigentümers hatte dort früher eine kleine Schnapsbrennerei und ein privates Alkohollager. In diesem kleinen Raum hielt sich der Sohn des Hauses versteckt. Er war schon einmal deportiert worden, hatte aber aus dem Lager fliehen können. Offensichtlich war er zurück nach Burgenach geflüchtet. Es heißt in dem Artikel, dass der junge Mann dann nach dem Verrat nach Auschwitz deportiert wurde."

Silas blickte auf.

„Wir wissen, was das heißt. Das war so gut wie ein Todesurteil", stellte er trocken fest. „Und dreimal dürft ihr raten, welche Straße und Hausnummer!"

„Nr. 13?", fragte Sophia.

Silas nickte ernst.

„Haargenau! Schlageterstraße 13. Das ist die Straße, die bis 1933 Judengasse hieß."

„Und wir wissen, wer den Keller verraten hat! Martha und Maria, das müssen sie sein! Steht da ein Nachname?!", rief Rahel und schubste Silas fast von dem Buch weg.

„Hey", sagte ihr Bruder. „Nein, natürlich nicht. Da steht überhaupt kein Name. Aber ich glaube auch, dass ‚Deine Martha' dabei war. Der Jungmädelbund war nämlich in der Hitlerjugend die Gruppe der jüngeren Mädchen. Wenn sie vierzehn wurden, kamen sie dann zum BDM. Das passt, denn Maria war 1942 noch dreizehn."

„Egal, dann bringt uns das auch nicht weiter, wenn die Namen nicht erwähnt werden", stöhnte Rahel enttäuscht.

„Ich finde, schon", widersprach Sophia.

„Warum?", fragte Ronny.

„Weil es den Brief einfach bestätigt und wir ein paar winzige Details mehr wissen. Wenn das damals sogar in der Zeitung stand und die beiden gelobt wurden, dann erinnert sich vielleicht noch einer daran. Wir könnten also eine

Zeitungsannonce aufgeben, in der wir nach lebenden Zeugen suchen. Sie sollen sich bei uns melden. Alte Leute lesen doch noch Zeitung."

„Und wir posten das in den sozialen Netzwerken für die Enkel! Super Idee, Sophia!", lobte Ronny.

Sophia errötete leicht.

„Na ja, ich meine, dass eure drei Marias aus Brehl sich an nichts erinnern, Rahel, hatte vielleicht auch damit zu tun, dass wir nicht viel mehr wussten außer den Namen und das Geburtsdatum", wandte sie sich an ihre Freundin. „Das heißt ja nicht, dass die Schwestern in Burgenach zur Schule gegangen sind. Vielleicht wohnten sie woanders, in Remagen zum Beispiel. Dann sind die sich vielleicht nie über den Weg gelaufen."

„Stimmt!", sagte Ronny. „Brehl ist nicht gerade der Mittelpunkt der Welt. Es muss ja nicht jeder hier heimisch sein oder werden."

Rahel dachte zurück an ihre erste Zeit in Brehl. War das wirklich erst ein paar Monate her? Sie hatte einfach nur wieder weggewollt, so groß war ihre Sehnsucht nach der Stadt gewesen. Jetzt war sie tatsächlich angekommen. Sophia, die Detektei, der Schwimmverein, sogar die neue Schule waren zum Teil ihres Lebens geworden. Die alten Freundschaften aus Dortmund hatte sie bis jetzt halten können, jedenfalls die, die sich lohnten. So weit war es mit dem Zug auch wieder nicht, und per Computer oder Handy konnte man sich überall unterhalten.

„Heimisch werden in Brehl?", murmelte Silas. „Da war doch was?!"

Aber so viel er auch nachdachte, er kam gerade nicht drauf.

IMMER DIESER WERNER

„Wo ist Mama?“, fragte Rahel ihren Onkel.

„Die ... Die is auf Klo!“

„Immer noch?“, wunderte sich Rahel.

„J... Ja, die ... die macht ’nen bisschen mehr!“

Er hatte die Hände in den Hosentaschen, was nicht oft vorkam, und grinste. Rahel musste lachen. Onkel Anton war wirklich nichts peinlich.

„Mama?!“, rief sie.

„Ja, Rahel“, klang es gedämpft und nur etwas genervt aus der Gästetoilette.

„Ich brauche noch ein bisschen Bewegung. Bin mit dem Fahrrad weg.“

„Nimm dein Handy mit!“, ermahnte ihre Mutter, „und melde dich, wenn du länger wegbleibst!“

Rahel verdrehte die Augen. Sie war fast vierzehn! Onkel Anton kicherte.

„Ja doch, Mama. Das habe ich immer dabei.“

Sie zog sich Schuhe an und griff nach ihrer leichten Jacke.

„Kommst du mit?“, fragte Rahel ihren Onkel.

Sie hatte ihn kurz zuvor auf den neuesten Stand der Ermittlungen gebracht. Bei dem Wörtchen „mit“ spitzte Caruso die

Ohren. Er stand auf und kam in den Flur. Schwanzwedelnd sah er Rahel an. Dann bellte er kurz auffordernd.

„Nein, Caruso“, lehnte Rahel ab. „Wir fahren mit dem Rad, das ist mir zu anstrengend mit dir und deiner Leine.“

Der Riesenschnauzer stellte das Schwanzwedeln ein und senkte seine Rute nach unten. Die Bedeutung des kurzen Wörtchens war ihm nur zu gut bekannt. Aber das hieß nicht, dass er sich gleich mit der ersten Antwort zufriedengab. Er legte den Kopf schief und guckte so traurig, dass Rahel fast schwach geworden wäre. Doch ihr Onkel, der zwar auf ihre Fragen nicht geantwortet hatte, aber zur Garderobe gegangen war, kam ihr zuvor.

„Nein!“, wiederholte er streng und zeigte mit ausgestrecktem Arm ins Wohnzimmer.

Caruso seufzte tief, trollte sich aber mit hängendem Kopf. Im Schneckentempo schlurfte er wie der älteste Hund der Welt auf sein Polster. Es war deutlich sichtbar, wie sehr er unter der Herzlosigkeit seiner Menschen litt. Brad Pitt hätte dafür glatt eine Oskar-Nominierung erhalten.

Während der Fahrt hing Rahel ihren Gedanken nach. Sie ließ Anton die Strecke aussuchen. Er schlug den Weg nach Burgenach ein, wählte aber die Route über die Felder. So war er früher immer gefahren, als er den Ellenator noch nicht hatte. Als ihr Onkel schneller fuhr und sie ins Schwitzen kam, wurde ihr Kopf frei. Rahel genoss den milden Fahrtwind und freute sich an der Bewegung. Endlich spürte sie mal wieder ihre Beinmuskeln. In der Schule saß man viel zu lange herum, und beim Training hatte sie hauptsächlich die Arme trainiert. Nach zweiundzwanzig Minuten hielt Onkel Anton vor der SEGE, der Selbstständigen evangelischen Gemeinde Eifel, die er und seine Familie besuchten. Rahel bremste ebenfalls ab.

„Was willst du denn hier?“, fragte sie erstaunt.

Ihr Onkel zuckte mit den Schultern. Er schob sein Rad in den Ständer und schloss es ab.

„W... Werner k... kennt sich auch mit Juden aus."

Rahel nahm den Helm ab und hängte ihn an den Lenker.

„Und was soll uns das nützen?"

„D... Das w... weiß ich doch nicht!"

Anton klang empört. Rahel überlegte kurz. Klar, als Pastor kannte sich Werner mit Religion aus, und er wohnte in Burgenach. Okay, noch nicht lange, aber vielleicht wusste er etwas über die jüdische Vergangenheit der Stadt, weil er natürlich mit allen möglichen Leuten sprach. Na klar! Er machte doch auch regelmäßig Hausbesuche bei den älteren Burgenachern. Die hatten ihm bestimmt das eine oder andere erzählt. Einen Versuch war es wert. Jedenfalls, bevor nur noch das Telefonbuch übrig blieb und das endlose Herumtelefonieren.

„Okay", sagte sie und lehnte ihr Fahrrad an die Hauswand.

Dann ging sie mit Anton zur Haustür. *Pastor Werner Schrober* stand auf der Klingel. Das Namensschild war noch ganz neu und gut zu lesen. Ohne zu zögern, klingelte ihr Onkel. Er fühlte sich in der Gemeinde zu Hause und hatte keine Angst vor dem Pastor. Rahel war das Ganze schon ein bisschen unangenehm, aber wahrscheinlich konnte sie Anton das Reden überlassen. Als niemand öffnete, drückte Anton länger auf die Klingel. Sehr lange.

„Hör auf!", sagte Rahel.

Sie trat einen Schritt zurück und dann zur Seite, um das Haus zu betrachten.

„Die Fenster sind alle zu und nirgendwo ist Licht. Der ist bestimmt nicht da."

Es war jetzt Viertel vor neun, und es dämmerte langsam. Sie sollten sich auf den Heimweg machen.

„V... Vielleicht ist der hinten", meinte Anton und steuerte den Gartenweg an, der an Werners Haus vorbei zu dem kleinen Kinderspielplatz und der Rasenfläche führte, die hinter dem Gemeindehaus lag. Das Grundstück fiel nach hinten ab, und so guckte der Keller halb aus der Erde. Auf dieser Seite war Rahel noch nie gewesen. Sie waren früher bei ihren Besuchen immer durch das Gemeindehaus zum Spielplatz gegangen, und jetzt fühlte sie sich längst zu groß für den Sandkasten. Doch Anton kannte den Weg sehr genau. Er war schließlich hier aufgewachsen.

Als sie etwa halb an dem Gebäude vorbei waren, konnte Rahel plötzlich durch ein Seitenfenster in das Haus sehen. Ihr Onkel hatte das Fenster keines Blickes gewürdigt, und am liebsten wollte Rahel auch sofort wieder weggucken, denn in dem Keller sah sie ihren Pastor ... und ... Hilfe! Er war nur zur Hälfte bekleidet! Sein Oberkörper war nackt, und er hantierte nervös mit irgendeinem Kleidungsstück. Aber Rahel konnte nicht wegschauen, denn da war etwas, was ihren Blick unwiderstehlich anzog. Wie gebannt starrte sie weiter durch die Glasscheibe direkt auf Werners Rücken. Da saß etwas Dunkles auf seiner linken Schulter und wand sich von dort seinen ganzen Arm entlang. Erst in der Mitte des Unterarms hörte es auf und endete in einem Verband.

Das Mädchen riss die Augen auf. Das war ein Tattoo! Ihr Pastor trug ein riesiges Tattoo!!! Und zwar eins von der weniger hübschen Sorte. Angewidert verzog Rahel den Mund und kniff die Augen zusammen, um noch deutlicher zu sehen. Das dunkle Etwas auf der Schulter ... war ein Totenschädel! Er trug einen Hut, der lässig in den Nacken geschoben war und die bleiche Stirn noch größer erscheinen ließ. Aus dem rechten Auge kroch ein dunkelgrüner, schuppiger Wurm und schlängelte sich in engen Spiralen um Werners linken Arm. Igitt! Das würde sie auch verstecken! Kein Wunder, dass Werner selbst im heißesten Sommer nur lange Shirts trug. Das sah richtig eklig aus! Rahel musste sich schütteln. In diesem Augenblick war Anton zurückgekehrt, um zu sehen, wo Rahel blieb. Lauthals brüllte er ihren Namen, obwohl er nicht weit von ihr entfernt war. Das laute Rufen brach den schaurigen Bann. Rahel wich sofort vom Fenster zurück in den Schatten des Hauses.

„Spinnst du?“, zischte sie Anton erschrocken an.

Auch Werner, der sich endlich den langärmeligen Pullover übergestreift hatte, fuhr herum. Aber er bekam nur noch den Rücken von Anton zu sehen, der schon wieder auf dem Weg zur Straße war.

Rahel hetzte den kleinen Weg hinauf, doch nur wenig später, als sie gerade an ihren Rädern angekommen waren, öffnete sich die Haustür.

„Oh, was für eine schöne Überraschung!“, begrüßte Werner die beiden Schmicklers laut. „Guten Abend, Rahel, hallo, Anton! Ich ... äh ... war gerade im Keller und konnte nicht so schnell zur Tür. Habt ihr gerade geklingelt? Wolltet ihr zu mir? Was macht ihr hier?“

Das waren ziemlich viele Fragen auf einmal. Der Pastor kam aus dem Haus und ging auf die Besucher zu, als wollte er sie festhalten. Forschend sah er dem Mädchen ins Gesicht. Rahel versuchte, wenigstens harmlos zu gucken, denn sie bekam gerade kein Wort heraus. Werner konnte sie unmöglich gesehen haben, oder? Sie fühlte sich unwohl und fing an zu schwitzen. Hatte sie Angst oder lag es daran, dass Werners Gesicht plötzlich so nah war? Unsicher wich sie seinem ernsten Blick aus und registrierte zum ersten Mal die Narbe unterhalb seines linken Auges auf dem Wangenknochen. Sie war klein und nur aus nächster Nähe zu erkennen. Deshalb war sie ihr noch nie aufgefallen.

„W... Wir wollen was über die Juden wissen“, platzte Anton unbekümmert heraus. „D... Die Burgenacher Juden!“

Werner löste seinen Röntgenblick von Rahel und wandte sich ihrem Onkel zu. Jetzt sah sie nur noch die rechte Gesichtshälfte.

„Ah", sagte Werner und klang erleichtert. „Na, dann kommt mal kurz rein."

Eine Dreiviertelstunde später waren sie wieder zu Hause und kein bisschen schlauer. Werner hätte zwar jede Menge über das Judentum allgemein zu sagen gewusst, konnte aber nur wenig über die Burgenacher Juden vor siebzig Jahren erzählen. Außerdem fand Rahel es schwierig, sich zu konzentrieren. Ständig erschien dieses Tattoo vor ihren Augen. Sie konnte es so deutlich sehen, als käme der grüne, schuppige Wurm nicht nur aus dem tätowierten Totenschädel, sondern direkt aus Werners braunem Auge gekrochen.

„Hallo, Papa!", begrüßte Rahel ihren Vater.

Sie hatte gerade ihre Jacke aufgehängt und blieb an der Tür zu Opas Arbeitszimmer stehen. Ihr Vater sah von dem Text auf, an dem er arbeitete.

„Rahel, komm doch rein", sagte er und wies auf das Besuchersofa.

„Stör ich dich nicht?"

„Nein, ich bin fertig für heute."

„Wie lang ist deine Liste?", fragte Rahel und ließ sich auf dem Sofa nieder.

„Siebenunddreißig Seiten!", verkündete Papa stolz. „Ich habe heute ein Vorwort geschrieben, in dem ich den Begriff ‚Legaldefinition' erkläre, und ich habe ein paar prima Stellen zur Schuld gefunden."

„Schuld?", fragte Rahel. „Dieses Wort habe ich in letzter Zeit öfter gehört."

Sie dachte an Maria, Martha und den Vater von der Kragenbeck.

„Ja", begeisterte sich Papa. „Ein interessanter Begriff. Im Strafrecht wird er definiert als die persönliche Vorwerfbarkeit der Tat."

Maria, Martha und der alte Kragenbeck hatten sich in der Tat etwas vorzuwerfen.

„Aber das ist natürlich nur wieder ein anderer Ausdruck. Was ist schon vorwerfbar? Natürlich kann ich auch das mit Inhalt füllen: etwas, also eine Tat, die weder zu rechtfertigen noch zu entschuldigen ist. Aber das ist auch nicht wirklich das, was Schuld ist, also, jetzt im biblischen Sinne."

„Sondern?", fragte Rahel wenig interessiert. Langsam hatte sie genug von diesem Begriff.

„Schuld ist das, was ich durch ungerechtes Denken, Sagen oder Tun auf mich lade."

Rahel runzelte die Stirn. Das kannte sie doch so ähnlich noch aus dem Kindergottesdienst. Aber da war es um ... Sünde gegangen. Dieses altmodische Wort. *Sünde ist alles, was ich denke, sage oder tue, was Gott nicht gefällt.*

„Sünde und Schuld sind nicht dasselbe, Rahel", sagte Papa, als hätte er ihre Gedanken gelesen. „Aber sie hängen untrennbar zusammen. Schuld ist die Folge der Sünde! Denn Sünde ist niemals gerechtfertigt, nie zu entschuldigen. Sie ist deshalb immer ungerecht und zieht immer Schuld nach sich."

Rahel nickte höflich und sah zur Tür. Mama stand da und lächelte. Sie hatte ein Tablett mit drei Tassen heißem Tee dabei und ging jetzt auf das Sofa zu. Sie stellte das Tablett auf einem kleinen Tischchen ab. Papa war jetzt richtig in Fahrt. Er ließ sich nicht stören.

„Sünde hat für gewöhnlich zweierlei Folgen. Die sichtbaren, die den äußeren Menschen betreffen. Zum Beispiel, wenn ich zu schnell fahre und einen Unfall verursache, dann ist die Folge des zu schnellen Fahrens der Schaden am Auto oder an der Gesundheit einer Person. Richtig?"

„Richtig", sagte Rahel brav. *Schaden an der Gesundheit,* dachte sie genervt von der Juristensprache, *warum sagt er nicht Verletzung?* Aber sie kannte ihren Vater und wusste, dass man bei solchen Gesprächen besser nicht diskutierte, weil es sie nur unnötig in die Länge zog. „Und die unsichtbaren Folgen, die den inneren Menschen betreffen, das ist die Schuld."

Zufrieden lehnte Papa sich zurück.

„Und da haben die Juristen ein bisschen recht. Ich muss mir vorwerfen: Du bist zu schnell gefahren. Deswegen der Unfall, der Schaden. Ich habe etwas Falsches getan, habe also gesündigt, und damit lade ich Schuld auf mich."

„Sünde ist einfach das, was uns von Gott trennt, Liebling!", sagte Mama nüchtern und ließ sich auf das Sofa neben Rahel plumpsen. „Das ist doch nicht so kompliziert. Das steht beim Propheten Jesaja, Kapitel 59, Vers 2."

„Ja, das sag ich doch, oder?", fragte Papa verwirrt. „Um diese Stelle geht es doch. Unter anderem. Ich habe sie in meine Liste aufgenommen. Habe ich das nicht erwähnt?"

„Nein", sagte Rahel seufzend und griff nach dem Tee, den Mama ihr reichte.

„Oh, tut mir leid", meinte Papa und sah Rahel an, als sähe er sie jetzt zum ersten Mal. „Silas hat uns erzählt, wie weit ihr mit dem Brief seid. Das ist eine unglaubliche Geschichte!", wechselte er abrupt das Thema.

„Ja, allerdings. Ich finde es schrecklich, was hier so passiert ist. Martha nennt sich selbst eine Mörderin", erzählte Rahel.

„Juristisch gesehen ist sie das natürlich nicht", sagte Papa.

Mama nippte nachdenklich an ihrem Tee.

„Gottes Maßstäbe sind aber anders", meinte sie leise und legte den Arm um Rahel. „Mord fängt viel früher an. Schon Worte können tödlich verletzen."

„Ja, Rahel. Jesus sagt: Um sich strafbar vor Gott zu machen, reicht es schon, wenn du böse auf deinen Bruder bist oder ihn einen Narren nennst. Und mit ‚Bruder' ist hier nicht nur der leibliche Bruder gemeint", ergänzte Papa schmunzelnd.

Rahel klopfte plötzlich das Herz. Ihr wurde schon wieder so warm. Ob das nur am heißen Tee lag?

„Mit Worten fängt es an", fuhr Mama fort. „Worte haben Macht. Gott sagt nicht umsonst, dass er das Wort ist und dass das Wort am Anfang war. Worte können nicht nur verletzen oder Ideologien verbreiten. Aus Worten werden leicht Taten. Und eines Tages werden wir sogar Rechenschaft über jedes unnütze Wort ablegen müssen."

Bei diesem Gedanken fühlte sich Rahel gar nicht wohl. Zum Glück kam in diesem Moment ihr Bruder Silas in den Flur und rief nach Opa. Sie wand sich aus Mamas Arm und stand auf.

„Hier bin ich!", antwortete Herr Schmickler Senior und öffnete die Küchentür.

Anton guckte neugierig über seine Schulter.

„Opa", sagte Silas aufgeregt. Ihm war eingefallen, woran ihn Ronnys Satz *Es kann nicht jeder in Brehl heimisch werden* erinnert hatte. „Sagt dir der Name Frau Breuer etwas?"

„Die ... Die hat keinen Mann!", antwortete Onkel Anton, obwohl er nicht gefragt war. „U... Und die is alt."

6. MAI 1945

„Martha! Endlich!"

Der junge Mann eilte auf den Stacheldraht zu. Er war schnell, obwohl er das rechte Bein nachziehen musste.

„Kurt!"

Leise, aber zärtlich sprach Martha den Namen aus. Sie hob die Hand zum Gruß. Ausstrecken konnte sie den Arm nicht mehr. Er war längst zu schwer geworden.

„Martha! Was machst du hier?!"

Kurt klammerte sich an den Zaun. Niemand jagte ihn weg. Niemand beachtete die Angst in seinem Gesicht. Es gab zu viele, die genauso aussahen. Ein zaghaftes Lächeln erschien auf Marthas Gesicht.

„Das ist doch gleichgültig, Kurt."

Sie hatte keine Kraft zu erklären, dass sie selber nicht wusste, wie sie hier unter die Kriegsgefangenen in der Goldenen Meile geraten war. Sicher würde sich das Missverständnis oder die Verwechslung aufklären. Die Amerikaner waren freundlich. Aber dann wäre es für sie zu spät, das fühlte sie. Sie konnte nicht einmal mehr aufstehen.

„Bitte, Kurt ... Vergrabe das für mich!"

Ihre Hände tasteten nach einem Holzkästchen, das neben ihr lag. Sie schloss kurz die Augen und dankte Gott dafür, dass man ihr diesen Gegenstand gelassen hatte. Mit den Männern hier im Lager waren die Sieger härter umgegangen, was verständlich war. Die meisten waren keine Zivilisten, sondern hatten die gefürchtete Uniform des Diktators getragen.

„Wo? Wo soll ich es vergraben?", wollte der junge Mann wissen, ohne sich über das Warum zu wundern.

„Am Bunker. Du weißt schon."

Sie holte schwer Luft.

„An unserem Bunker", fügte sie hinzu und betonte das Wort „unserem".

Der junge Mann errötete leicht. „An unserem Bunker", hatte sie gesagt. An ihrem Bunker in Brehl! Dort, wo er sie tröstend in den Armen gehalten hatte, wo ihre Lippen seine Wange berührt hatten ... Ein einziges Mal nur und für einen flüchtigen Moment, aber sein Herz klopfte jedes Mal schneller, wenn er daran dachte.

„Und wenn der Krieg endlich vorbei ist, dann gräbst du es wieder aus, ja?", stieß die junge Frau hervor.

„Das wirst du selbst tun, Martha! Du wirst wieder gesund!", wehrte Kurt ab. „Ich ... ich bringe dir Medizin!", versprach er und kämpfte gegen die aufsteigenden Tränen.

Das magere Mädchen lächelte. Der lange Satz hatte sie viel Kraft gekostet. Und es musste noch etwas gesagt werden.

„Grabe es für mich aus, Kurt, und suche nach den Bernsteins. Gib ihnen den Brief!", verlangte Martha.

„Welchen Brief?", fragte Kurt, dann verstand er. „Ist da ein Brief drin?!"

„Ja", flüsterte sie, holte rasselnd Luft und schloss die Augen. „Bitte, Kurt, wirst du das für mich tun?".

Der junge Mann nickte. „Ich würde alles für dich tun", dachte er, ging einen Schritt zurück und breitete bereitwillig die Arme aus. Ohne Mühe fing er das Kästchen auf, das eine Mitgefangene für das geschwächte Mädchen über den Zaun warf. Er presste es an sich, als wäre es Martha selbst. Seine Arme konnten sie diesmal nicht erreichen.

„Ich komme wieder!", rief er. „Hörst du, Martha!? Ich komme wieder und bringe die Medizin!", versuchte er, sie mit Worten zu trösten. „So schnell ich kann, hörst du?!"

Dann drehte er sich um und rannte humpelnd davon.

BOMBENSTIMMUNG

Die Aula war proppenvoll. Schüler und Lehrer wimmelten und schrien durcheinander. Man konnte sein eigenes Wort nicht mehr verstehen.

„Was machen wir hier?", fragte Ronny Sophia, die neben Rahel stand.

„Was hast du gesagt?", rief Sophia.

„Was ... wir ... hier ... machen?!", brüllte Ronny zurück.

Sophia hob die Hände und schüttelte den Kopf, was wohl heißen sollte, dass sie das auch nicht wusste.

„Jedenfalls herrscht hier eine Bombenstimmung", murmelte Rahel und hielt sich die Ohren zu.

„Was?!", fragte Silas laut. Er dachte, seine Schwester hätte etwas zu ihm gesagt.

„Bom-ben-stim-mung!", schrie Rahel.

In dem Moment ging ein Raunen durch die Reihen. Herr Kocher bahnte sich den Weg durch die Schülermassen nach vorne zur Bühne. Er hatte einen Stapel DIN-A5-Blätter in der Hand, und ein Polizeibeamter folgte ihm. Das Geschrei wurde leiser und verstummte schließlich fast ganz, als der Direktor auf die Bühne kletterte und sich ein Mikrofon geben ließ.

„Guten Morgen, liebe Schüler und Schülerinnen, liebe Kolleginnen und Kollegen!", begrüßte Herr Kocher die Anwesenden. „Gestern Morgen sind Flugblätter an unserer Schule aufgetaucht."

Er hielt den Stapel mit dem Papier in die Höhe.

„Und es sind nicht irgendwelche Flugblätter mit Werbung. Nein, das, was hier gedruckt ist, ist zutiefst abstoßend."

Der Saal hielt den Atem an.

„Es handelt sich um den nur leicht abgewandelten Text eines widerlichen, judenfeindlichen Liedes, das von der Hitlerjugend im Dritten Reich gesungen wurde."

Ein empörtes Murmeln ging durch den Raum, doch Herr Kocher sprach weiter.

„So etwas können und dürfen wir nicht hinnehmen. An unserer Schule ist kein Platz für Neonazis und Menschen, die aus der Geschichte nichts gelernt haben."

Das Gemurmel klang jetzt zustimmend.

„Bravo!", rief Miriam von der SV.

Herr Kocher lächelte.

„Ich bin sicher, dass die meisten von euch derselben Ansicht sind. Deshalb bitte ich euch, dabei mitzuhelfen, die Schule von diesem brandgefährlichen Propaganda-Gift zu reinigen. Das Flugblatt ist leider nicht das Einzige, was mir Sorgen macht. Es sind auch rechtsradikale Symbole in Klassenräumen aufgetaucht. Deshalb haben wir uns gestern Nachmittag im Kollegium zu folgenden Maßnahmen entschlossen: Erstens werden wir nächste Woche einen Vormittag darauf verwenden, unsere Schule äußerlich zu reinigen."

Der Lärmpegel schwoll zu einem fröhlichen Summen an. Man konnte die Vorfreude auf einen unterrichtsfreien Tag mit Händen greifen. Herr Kocher wurde lauter.

„Alle Schüler begeben sich mit ihren Lehrern oder Stammkursleitern auf die Suche nach verdächtigen Symbolen. Sei es in den Klassen auf den Tischen, Stühlen, an der Wand, in den Schränken, Wänden oder Toilettentüren. Wo auch immer sie in unserer Schule hingekritzelt oder eingeritzt worden sind, wir werden sie gemeinsam entfernen."

„Bravo!", rief jetzt die ganze SV.

„Zweitens wird es so bald wie möglich einen weiteren Dreck-weg-Tag geben. Ein Team vom BDZ, das heißt, vom Bündnis für Demokratie und Zivilcourage, wird uns hier an unserer Schule besuchen. Sie bieten Workshops und kurze Erklärfilme an, die dabei helfen, die Lügen der Neonazis aufzudecken. Falschinformationen müssen durch Fakten entlarvt werden, bevor sie sich in unserem Denken festsetzen. Und es wird ein Argumentations- und Handlungstraining für uns geben, damit die Schulgemeinschaft, also wir alle, dem auch im Alltag entgegentreten kann. Es fängt nur zu oft mit unserer Sprache an. Daran können wir alle arbeiten. Schüler, die bei der Organisation der Workshops helfen wollen, melden sich bitte bei der Schülervertretung."

Ronny stieß Silas an. Sein Freund nickte ihm zu. Das ließ sich Frau Kragenbeck bestimmt nicht entgehen!

„Drittens ist, wie ihr wisst, die Polizei bereits informiert und hat die Ermittlungen aufgenommen. Denn das hier ...", verkündete Herr Kocher und hielt noch einmal die Flugblätter in die Höhe. „... ist kein Spiel, kein Witz, sondern sehr wahrscheinlich eine Straftat!" Jetzt wurde es so laut im Saal, dass die letzten Worte des Direktors im allgemeinen Lärm und Durcheinander untergingen. Aber er hatte sie wohl entlassen, denn die Schüler begannen, zu den Ausgängen zu strömen.

„Burgenach ... werde wach ...", hörte Silas hinter sich jemanden murmeln. Er versuchte, sich umzudrehen, aber das ging in dem Gedränge gerade nicht. Eilige Hände schoben ihn vorwärts. Es war nicht möglich zu erkennen, wer da so etwas Seltsames zitierte. Aber er befürchtete, dass es der neue Text dieses verbotenen Liedes war. Bingo!

„... fremden Juden ... gib nicht nach“, antwortete eine andere Stimme in seiner Nähe.

Sie war so leise, dass er nur einzelne Worte verstehen konnte. Als er es endlich schaffte, hinter sich zu schauen, sah Silas fast nur unbekannte Gesichter. Der Einzige aus seiner Klasse, der in der Nähe war, war Lasse. Der blonde Junge grinste ihn an, als fände er das alles komisch.

„Wir ... streiten, du wirst auferstehn“, sagte er provozierend.

Kopfschüttelnd drehte sich Silas wieder um. Bei dem war wohl mehr als ein Projekttag nötig! Es würde ihn nicht wundern, wenn die Polizei herausfand, dass Lasse die Zettel verteilt hatte.

„Burgenacher Blut ... nie untergehn!“, flüsterte es wieder bruchstückhaft aus einer anderen Ecke.

Rahels Bruder hob die Hand und wischte sich die Worte aus dem Nacken. Nicht nur der Inhalt dieses Liedes war ein No-Go. Es war auch noch grottenschlecht gereimt.

Am Nachmittag saß Silas vor dem Telefon. Opa konnte weder sagen, wie alt Frau Breuer war, noch ob sie Maria hieß. Aber er wusste, dass sie öfter am Kriegerdenkmal östlich von Brehl spazieren ging, und er hatte sie im Telefonbuch gefunden. Dort war sie zwar nur unter Breuer, M. eingetragen. Aber es war immerhin möglich, dass das M für Maria stand. Nun hatte Silas die schwierige Aufgabe, einen Termin mit der alten Dame zu vereinbaren.

„W... Was machst du?“, fragte Anton, der gerade aus der Küche kam.

„Ich rufe Frau Breuer an.“

„D... Die ohne Mann?“

Grinsend rieb sich Anton die Hände.

„Ja, genau die", bestätigte Silas und seufzte.

„Im Moment starrt er nur auf die Telefonnummer", zog seine Schwester ihn auf, die neben ihm stand. „Nun mach schon", drängelte sie, „du kennst sie schließlich."

„Kennen ist übertrieben, aber ich weiß definitiv, dass sie nicht immer freundlich ist. Was ist, wenn sie mich abwimmelt?", fragte Silas.

„Du musst eben deinen ganzen Charme spielen lassen", schlug seine Schwester vor. „Weißt du, was das ist?"

Silas zog es vor, nicht darauf zu antworten. Er hob den Telefonhörer ab und wählte die Nummer von Frau Breuer. Doch obwohl er es bis zum Besetztzeichen klingeln ließ, ging niemand dran.

„Glück gehabt", sagte Rahel und wandte sich zum Gehen. „Du versuchst es gleich noch mal, wenn ich wieder da bin", ordnete sie an. „Ich muss mal eben wohin."

Die letzten Worte konnte Silas kaum verstehen, weil Rahel schon im Flur war.

„Du musst was?", fragte er.

„Pipi", antwortete Anton.

Sein Neffe musste lachen, dann versuchte er es erneut bei Frau Breuer. Aber auch als Rahel längst schon wieder da war und Silas die Nummer zum fünften Mal gewählt hatte, hob niemand den Hörer ab.

„Also auf zur Gedenkstätte?", fragte Rahel.

„Komm, Caruso!", sagte Anton und ging zum Schuhregal. Dort hing auch die Leine für den Riesenschnauzer. Der Hund sprang sofort auf und tänzelte freudig um sein Herrchen herum. Anton nahm Caruso ans Halsband. Silas erhob sich langsam und sah auf die Uhr.

„Äh, ja. Aber eigentlich wollte Ronny gleich hier sein ...", wandte er ein.

„Schon klar, und du gehst natürlich lieber mit deinem großen Freund als mit deiner kleinen Schwester", brauste Rahel sofort auf und betonte das Wörtchen ‚kleinen'. „Pah, dann geh doch mit ihm und Anton!"

„Hä? So habe ich das doch überhaupt nicht gemeint. Ich finde nur ... ", setzte Silas zu einer Erklärung an. Doch dann gab er auf. Er hatte eigentlich nur auf Ronny warten und dann zu viert losziehen wollen, aber sollte Rahel doch glauben, was sie wollte! Wenn sie es unbedingt falsch verstehen wollte, bitte! Man konnte ihr sowieso nichts recht machen. Und immer musste sie ihn merken lassen, dass sie ein paar Zentimeter größer war.

„Aber gut", sagte er deshalb nur. „Komm, Anton, machen wir Männer uns auf den Weg. Ronny ist jeden Moment da."

„M... Männer", wiederholte Anton und kicherte. „B... Bisschen kleine Männer."

„Waaas?!", meinte Silas.

Rahel grinste gehässig.

„N... Nix", behauptete Anton. „Ich hab nix gesagt. C... Caruso ist klein", wich er aus.

„Onkel Anton, Caruso ist ein Riesenschnauzer und ziemlich groß für einen Hund! Ich habe schon gemerkt, wen du gemeint hast", beschwerte sich Silas.

„I... Ich merk nix", sagte Anton und ging schnell zur Tür.

Rahel lachte laut auf. Ihr Bruder schüttelte sprachlos den Kopf. Doch draußen schien die Sonne, und das versetzte ihn augenblicklich wieder in gute Stimmung. Er drehte sich noch einmal zu Rahel um.

„Wenn das ein Fehlschlag ist, dann fängt die Telefoniererei erst richtig an", prophezeite er und zog die Tür zu. Ronny fuhr gerade mit seinem Fahrrad auf den Hof.

Der Weg zur Kriegsgräberstätte führte über die Felder von Brehl in Richtung Burgenach. Der Ehrenfriedhof befand sich genau zwischen den beiden Orten. Alle vier Feldwege, die aus unterschiedlichen Richtungen hier ankamen, waren asphaltiert. Der kleine Schotter-Parkplatz bot Raum für etwa zehn Autos. Heute war er allerdings leer. Hier, unter den jahrzehntealten Eichen, ruhten über tausend Verstorbene, die im ehemaligen Kriegsgefangenenlager Goldene Meile ums Leben gekommen waren. Die allermeisten der Männer waren Soldaten gewesen, hatte Opa gesagt.

Ronny blieb vor dem kleinen Gebäude aus Natursteinen stehen. Es sah aus wie eine Minikirche mit einem etwas zu groß geratenen Turm. Aber nach hinten fehlten dem an den Turm gebauten Raum zwei Wände. Der Junge stieß das schmiedeeiserne Tor auf und betrat den Friedhof. Eigentlich war es nur eine rechteckige Rasenfläche, umgeben von einer hüfthohen Mauer. Auf dem Rasen standen mehrere Steinkreuze, allerdings nicht einzeln, sondern immer fünf nebeneinander, als fühlten sie sich so wohler. Mehr sah man vom Eingang nicht. Aber Ronny wusste, dass das große Rechteck durch mit Steinchen bestreute Wege in viele kleinere Rechtecke geteilt war. An ihren Seiten hatte man Messingplatten im Boden verlegt. Fast jede Platte trug den Namen und das Geburtsdatum des Verstorbenen. Nur auf einzelnen stand „unbekannt". Silas band Caruso an dem Eisenring neben dem „Hunde-verboten-Schild" fest und sah sich um. Die alte Dame Frau Breuer war nirgendwo zu sehen. Aber ihm fiel ein kleiner Schrank auf, der in eine Innenwand des Mahnmals eingelassen war. Er hatte Metalltüren und war nicht verschlossen. Über dem Schrank befanden sich Eichenblätter aus Stein als Dekoration.

„Guck mal, Ronny! Hast du das schon mal gesehen?"

Silas öffnete den Schrank und nahm ein locker zusammengebundenes DIN-A4-Buch heraus. Es bestand aus einzelnen, gelochten und laminierten Folien und war mit einer Kette gegen Diebstahl gesichert. Auf seinen wasserfesten Seiten enthielt das Buch fein säuberlich und tabellarisch die Namen aller Toten und die Lage ihrer Grabstätte.

„Hm? Klar", machte Ronny.

Er ließ seinen Blick über das Gräberfeld schweifen. Die Sonne stand schon im Westen und schien durch das Laub der hohen Bäume, die ihren Schatten über die Rasenfläche warfen.

„Weißt du, warum das nur Eichen sind?", fragte Ronny seinen Freund.

„Die... Die hat ganz hartes Holz!", antwortete Onkel Anton, ehe Silas zu Wort kam. „U... Und im Herbst ha... hat die noch lange Blätter."

Silas zückte sein Handy. Er gab Eichen und Militär in die Suchleiste ein. Schnell überflog er den Artikel.

„Tatsächlich!", sagte er. „Klasse, Anton, was du alles weißt! Genau deswegen ist dieser Baum ein Symbol für Standhaftigkeit und Unsterblichkeit."

Er las noch etwas weiter.

„Und für Treue. Das wurde schon immer vom Militär für Orden und Abzeichen be... "

Plötzlich rammte Ronny ihm seinen Ellbogen in die Seite.

„Au!", stöhnte Silas. „Was ist denn?!"

„Ist sie das?!", zischte Ronny.

„Wer?"

„Na, deine Frau Breuer!"

„Meine Frau Breuer?"

Silas rieb sich die Seite. Aber tatsächlich! An einem kleinen Rasenrechteck weiter vorne stand jetzt die alte Dame und starrte auf die Messingplatte zu ihren Füßen. Das heißt, es sah so aus, als ob sie zu Boden starrte, denn wahrscheinlich konnte sie den Kopf gar nicht mehr anheben, so krumm war ihr Nacken. Silas dachte sofort wieder an die Schildkröte. Frau

Breuer stützte sich auf Stock und Regenschirm. Dann drehte sie sich um und ging langsam zurück zum Eingangstor.

„Schnell!“, sagte Ronny und schubste Silas nach vorn.

„Immer mit der Ruhe“, meinte der. „Die läuft selbst mir nicht davon.“

„Da hast du wohl recht“, grinste Ronny. „Ihre Beine sind noch kürzer.“

„Na super! Jetzt fängst du auch schon an wie Rahel“, gab Silas zurück, „und so etwas nennt sich Freund.“

„Oh, mir kommen gleich die Tränen. Eine Runde Mitleid für den kleinen Silas. Los, da geht's lang“, sagte Ronny.

Er packte Silas an den Schultern und schob ihn auf Frau Breuer zu.

„Danke, ich weiß, wo ich hin muss“, wehrte sich Silas und schüttelte Ronnys Hände ab. „Bin ja nicht blind.“

Mit ein paar schnellen Schritten war der Junge bei der alten Frau. Er überholte sie und drehte sich zu ihr um. Frau Breuer blieb stehen.

„Entschuldigung, Frau Breuer“, sagte Silas höflich, „erinnern Sie sich noch an mich? Silas Schmickler. Wir haben uns neulich auf dem Markt getroffen.“

Die alte Dame sah ihn, so gut es mit ihrem steifen Hals ging, von oben bis unten an.

„Aber natürlich, junger Mann! Sie waren sehr neugierig.“

Silas wurde prompt rot. Ronny trat neben ihn.

„Es tut mir leid, ich wollte nicht unhöflich sein. Aber wir ... wir hätten da tatsächlich ein paar Fragen an Sie.“

„Und worum geht es?“

„Um den Krieg“, erklärte Silas. „Und die Leute in der Gegend hier so um 1945. Wir bräuchten ein paar Informationen über jemanden, und Sie ... äh ... Sie haben da ... da ja schon gelebt.“

„Sag ruhig, dass ich eine alte Schachtel bin.“

Das hätte witzig klingen können, wenn es nicht aus Frau Breuers Mund gekommen wäre. Ronny gab sich Mühe, ernst zu bleiben.

„Wir dachten, wir könnten Sie vielleicht einmal besuchen“, sagte Silas trotzdem und starrte in das Gesicht mit den vielen Falten.

„Ich bekomme nie Besuch und habe nicht vor, das in meinem zweiundneunzigsten Lebensjahr zu ändern“, lehnte die Seniorin kurz und bündig ab.

Sie giftete Silas aus ihren trüben Augen an, hob den Spazierstock und schob ihn damit zur Seite wie ein lästiges Insekt. Auch Ronny wich wortlos zurück und gab den Weg frei. Auf ihren vier Beinen stöckelte Frau Breuer im Schneckentempo Richtung Friedhofstor.

„Wie kann man nur so unfreundlich sein?“, sagte Ronny, als die alte Dame weit genug entfernt war.

„Ich hatte gar keine Chance, meinen Charme spielen zu lassen“, stellte Silas lächelnd fest.

„Ehrlich gesagt ... “, begann Ronny nachdenklich.

„Was?“

„Ehrlich gesagt klingt deine Schwester manchmal ganz ähnlich.“

„Ehrlich gesagt hast du da leider recht “, seufzte Silas.

„Anton!“, rief er dann. „Komm, wir gehen nach Hause.“

Aber sein Onkel reagierte nicht. Er stand an der Stelle, an der sie vor ein paar Minuten die uralte Frau Breuer entdeckt hatten.

„Was ist denn da so interessant?“, fragte Silas laut.

Onkel Anton hob den Kopf. Er sah zu Silas und zeigte auf die Platte.

„K... Komm mal her!“, rief er zurück.

Ronny setzte sich sofort in Bewegung, und sein Freund schlenderte ihm hinterher. Anton fand alles Mögliche wichtig.

Vielleicht hatte er eine interessante Pflanze entdeckt. Doch als er bei seinem Onkel angekommen war, zeigte der immer noch auf die Messingtafel im Boden. Die Jungen folgten seinem ausgestreckten Zeigefinger mit den Blicken Nur ein Name und ein paar Ziffern waren dort in das Metall eingraviert, aber sie trafen die beiden Freunde bis ins Mark.

Martha Breuer
* 28.11.28
+ 07.05.45

„Unsere Martha!", sagte Ronny verblüfft. „Am selben Tag geboren wie die Maria von dem Armband! Sie war tatsächlich die Zwillingsschwester von der alten Schach... äh, der alten Dame! Deswegen sehen die sich auf dem Foto auch so ähnlich."

„Nur, wenn Frau Breuer tatsächlich Maria heißt und am selben Tag geboren ist."

„Hast du da noch Zweifel?! Warum soll sie sonst dauernd zum Ehrenfriedhof gehen und hier an dem Grab stehen?"

„Nein, mir fällt auch keine andere Erklärung ein", gab Silas zu. „Krass. Und sie ist einen Tag vor Ende des Krieges gestorben. So habe ich mir das Ende unseres Falles nicht vorgestellt. Wie traurig ist das denn?!"

„G... Ganz schön ... viel traurig", antwortete Anton. Doch diesmal lachte niemand.

HAPPY END FÜR RUTH

Schon am Abend war Rahels anfängliche Begeisterung über die Entdeckung der Jungs merklich abgeflaut. Natürlich hatte sie es genossen, Sophia per Handykonferenz von der gefundenen Grabstelle und der Verbindung zu Frau Breuer zu erzählen. Ihre Freundin hatte sich sichtbar gefreut, dass die eine der Schwestern noch lebte. Gut, das tat sie auch, aber jetzt ärgerte Rahel sich, dass sie nicht mit den Jungs und Anton mitgegangen war und dass man im Moment nichts weiter tun konnte. Das nervte. Außer ihr und Mama waren alle weg oder beschäftigt. Papa war mit Opa verschwunden, und die beiden Männer hatten Caruso mitgenommen. Onkel Anton guckte in seinem Zimmer das Abendspiel Dortmund gegen Hoffenheim. Er schimpfte dabei so fürchterlich, dass er jetzt nur noch allein vor dem Fernseher saß. Beim dritten Tor gegen Dortmund hatte auch Rahel das Zimmer verlassen. Sophia schrieb an irgendeiner Hausaufgabe, und Silas frischte seinen Erste-Hilfe-Kurs auf. Rahel sah auf die Uhr und seufzte. Das dauerte wohl länger als geplant. Selbst mit Ronnys Gesellschaft wäre sie jetzt einverstanden gewesen, aber der hatte in letzter Zeit ständig irgendwelche Termine. Dauernd konnte er nicht oder kam erst im letzten Moment angehetzt.

„Du siehst nicht so aus, als wenn du dich über den gelösten Fall freuen würdest", meinte Mama.

Sie steckte schon wieder in ihrer weißen Malerhose und dem vollgekleckten T-Shirt. Offenbar war sie auf dem Weg ins alte Haus.

„Doch, doch, ich freue mich", antwortete Rahel.

„Das sehe ich", lachte Mama, „In etwa so wie auf einen Zahnarztbesuch!"

„Na ja, es ist Freitagabend und nix los", erklärte Rahel. „Wo stecken Papa und Opa eigentlich?"

„Die besuchen Werner."

Als Rahel den Namen des Pastors hörte, fiel ihr sofort wieder das hässliche Tattoo ein. Sobald die Detektei wieder einmal vollzählig war, würde sie den anderen davon erzählen. Da stimmte doch etwas nicht! Was verbarg der Pastor vor seiner Gemeinde?

„Warum denn das schon wieder?", fragte sie aber laut.

Mama zog einen Küchenstuhl vom Tisch. Sie klappte das lose Polster hoch und setzte sich vorsichtig auf die Kante.

„Werner hat Papa und Opa um Hilfe gebeten, weil er in der Gemeinde einen Teenkreis anbieten möchte", erklärte sie.

Rahel zählte in Gedanken die Teens der SEGE durch. Sie brauchte nicht lange. Außer Silas und ihr selbst gab es nur Samuel Becker und Dorkas, von der ihr nicht einmal der Nachname einfiel. Vielleicht würde Sophia sich einladen lassen.

„Für fünf Jugendliche?!"

„Ja", sagte Mama und freute sich, dass Rahel sich offensichtlich mitzählte. „Dann müsstest du dich freitags jedenfalls nicht mehr langweilen."

„Ich langweile mich doch schon im Gottesdienst", rutschte es Rahel heraus. „Und groß anders wird Werner den Teenkreis garantiert nicht abhalten. Im Mittelpunkt stehen da bestimmt irgendwelche Bibelarbeiten, wie bei den Treffen in Dortmund auch."

Mama guckte enttäuscht.

„Hörst du auch richtig zu?", fragte sie. „Oder hörst du nichts, obwohl du Ohren hast?"

„Weiß nicht ... ", machte Rahel und ärgerte sich einmal mehr über ihr schnelles Mundwerk. Sie hätte sich ihren Teil nur denken sollen.

„Na ja, jedenfalls planen Papa, Opa und Werner da einige spannende Projekte, und Gabrielle ist auch mit von der Partie."

Spannend!? Alles klar!, dachte Rahel diesmal nur. Auch die Gemeindesekretärin war ihr bisher nicht durch spektakuläre Aktionen aufgefallen. Mama stand wieder auf.

„Hat Opa eigentlich Frau Breuer erreicht?", fragte sie.

Rahel nickte.

„Ja, wir dürfen morgen Nachmittag vorbeikommen. Um Punkt drei, wie sie betonte. Ich wette, danach macht sie die Tür nicht mehr auf."

Mama lachte.

„Sie heißt tatsächlich Maria. Und ich glaube, sie lässt uns nur kommen, weil Opa Polizist war", schloss Rahel.

„Ja, das kann sein. Aber glaube mir, sie ist garantiert auch neugierig, was ihr gefunden habt. Weißt du was? Ich backe euch morgen früh eine Torte. Vielleicht stimmt sie die ein bisschen milde, und der Besuch wird nicht ganz so unangenehm."

„Gute Idee! Danke, Mama, du bist ein Schatz!", grinste Rahel. Sie stand auf und reckte sich. „Kann ich dir drüben irgendetwas helfen?"

„Ehrlich gesagt, im Moment nicht. Ich muss nur ein paar Sachen ausmessen und ausrechnen und eine Deckenfarbe testen. Dann muss ich warten, bis die Stelle trocknet, und morgen bei Tageslicht sehen, wie sie aussieht. Aber morgen gegen Abend komme ich gerne auf dein Angebot zurück."

Mit diesen Worten verließ Mama die Küche und ging hinüber auf die Baustelle. Jetzt war Rahel ganz allein mit sich selbst. Sie stieg die Treppe hinauf in den ersten Stock und warf sich auf ihr Bett. Eine Weile starrte sie an die Decke, dann schaute sie ein paar Filmchen im Internet an, genauer gesagt Erklär-Videos zum richtigen Kraularmzug. Aber nur auf theoretisches Schwimmen hatte sie schon bald keine Lust mehr. In Dortmund waren jetzt alle beim Teenkreis oder mit Freunden in der Stadt unterwegs, und Silas war immer noch nicht zurück. Rahel fiel das Kinderbuch ein, das Sophia ihr neulich geliehen hatte, um ihr Englisch zu verbessern. Weil sie zu faul war aufzustehen, kniete sie sich auf ihr Bett und kramte von dort aus im Regal. Doch sie bekam „Charlie and the Chocolate Factory" nicht richtig zu fassen und stieß ein paar andere, benachbarte Bücher um. Wie Dominosteine fielen sie eins nach dem anderen aus dem Regal. Als letztes Buch stürzte ihre kleine Taschenbibel auf den Papierberg und rutschte aufgeschlagen zu Tal.

„Boah!", stöhnte Rahel und stemmte sich vom Bett, um die Unordnung zu beseitigen.

Zum Schluss nahm sie die Bibel in die Hand. Wie von selbst fiel ihr Blick auf den Namen über den Seiten. „Ruth" stand dort. Seltsam! Da hatte sie ihre Bibel schon so lange nicht mehr aufgeschlagen, und nun öffnete sie sich wie von selbst bei der Geschichte, von der sie das Ende immer noch nicht kannte. Statt das kleine Buch sofort zuzuklappen und im Internet eine Zusammenfassung der Geschichte nachzulesen, setzte sie sich damit zurück auf ihr Bett und vertiefte sich in den Text. Es waren nur noch drei Kapitel, die ihr fehlten, zweieinhalb Seiten. Nach nur zwanzig Minuten war Rahel fertig damit. Sie schlug die Bibel zu und legte sie auf ihren Nachttisch. Dann streckte sie sich auf dem Bett aus und verschränkte die Hände hinter dem Kopf. Wenn sie das richtig verstanden hatte, war die Geschichte gut ausgegangen. Ruth hatte in Bethlehem fleißig auf den Feldern gearbeitet und dabei einen reichen Mann namens Boas kennengelernt, dem die Felder gehörten und der irgendwie mit ihrer Schwiegermutter verwandt war. Der Typ nahm sie zur Frau, und Naomi bekam sogar noch ein Enkelkind, einen Jungen namens Obed. Happy End. Auch wenn Rahel nicht ganz kapierte, warum genau es ausgerechnet Boas sein musste, der sogenannte „Löser", der Ruth heiratete. Jedenfalls hatten Ruth und Naomi nach der langen Pechsträhne wohl endlich einmal Glück gehabt. Oder hatte Ruth sich den Erfolg erarbeitet? Sie war Boas als fleißig aufgefallen. Vielleicht hatte da doch Gott seine Hand im Spiel? Aber warum sollte er plötzlich so gut zu Ruth und Naomi sein?

Sie griff noch einmal zu der Bibel und suchte die richtige Seite. Es dauerte etwas, bis sie es gefunden hatte, aber dann schlug sie das erste Kapitel auf, das sie eben übersprungen hatte, weil sie es schon kannte. Dabei fiel ihr der Text über dem Kapitel auf. Es war eine Erklärung zu der folgenden Geschichte von Ruth. Sie überflog den Anfang und las dann laut weiter:

„In Bethlehem lernt Ruth den Boas kennen, der sie zur Frau nimmt. Weil sie sich von ihren falschen Göttern abwendet und ihr Herz ganz dem Gott Israels schenkt, erfährt sie seine Gnade. Sie wird in das Volk Gottes aufgenommen und Stammmutter des Königs David und damit des Messias Jesus Christus."

„Stimmt, das stand hinten im letzten Vers", murmelte Rahel. „Obed, Ruths Sohn, war der Opa von David."

Dass Jesus von König David abstammte, wusste man einfach, wenn man in dieser Familie aufgewachsen und von klein auf in den Kindergottesdienst geschleppt worden war. Aber offenbar gehörte auch diese Ruth zu seinen Vorfahren.

„In Boas, dem Löser, haben wir ein Vorbild auf den großen Erlöser Jesus Christus."

„Mhm", machte Rahel. „Er-Löser? Da steckt tatsächlich das komische Wort ‚Löser' drin."

Aber Jesus Christus? Alles läuft immer auf Jesus hinaus! Auch daran kam kein Schmickler-Kind vorbei. *Aber halt! Sogar Martha hat ihn in ihrem Brief erwähnt. Und ich weiß immer noch nicht, was ich glauben soll. War er nun Gottes Sohn oder nur ein Mensch? Ist er lebendig oder tot?*, dachte sie und vertiefte sich noch einmal in den Text, diesmal in das erste Kapitel. Nach zwei Minuten war sie bei Vers 16 angekommen.

„Dein Volk ist mein Volk, und dein Gott ist mein Gott! Tatsächlich!", sagte Rahel überrascht. „Es war Ruths Entscheidung. Sie hat ihr eigenes Volk und seine Götter zurückgelassen und sich für den Gott Israels entschieden."

Diese Entscheidung hatte Folgen. Sie ging mit nach Bethlehem und hielt sich an die Vorschriften des Gottes ihrer Schwiegermutter. Nur dadurch lernte sie Boas kennen. Logisch! Wäre sie nicht Jüdin geworden, hätte er sie sicher nicht zur Frau genommen, überlegte Rahel.

Ein zweites Mal klappte sie die Bibel zu und legte sie zur Seite.

Eine Jüdin! Krass, so wie Leopold. Er wurde verraten, nur weil er als Jude geboren worden war. Ruth hat den Gott Israels freiwillig gewählt und sich auf die Seite seines Volkes gestellt. Sie hat sich entschieden und ist dann dabei geblieben. Weil sie geglaubt hat, dass der Gott Israels keine Einbildung, sondern Wirklichkeit ist. Sie hat diesem unsichtbaren Gott vertraut, als sähe sie ihn, weil sie ihn durch ihre Schwiegermutter kennengelernt hatte, dachte Rahel weiter.

Martha und Maria haben auch gewählt, sie haben sich gegen Leopold entschieden mit allen Konsequenzen. Leider war die

Entscheidung nicht mehr rückgängig zu machen, so sehr Martha es sich auch gewünscht hat. So ist das eben. Jede Entscheidung hat Folgen. Auch meine eigene. Was glaube ich? Wem vertraue ich?

Nachdenklich schloss Rahel die Augen. Es war schon fast 22 Uhr, und unten hörte sie die Haustür. Silas war wohl zurück. Aber seine Schwester stand nicht auf. Zum ersten Mal seit längerer Zeit fühlte sie, dass es in den Worten und Geschichten der Bibel auch irgendwie um sie selbst ging.

Der Pastor der SEGE erhob sich von den Knien. Er stöhnte leise und fuhr sich mit der rechten Hand über den Kopf, als wolle er sich die Haare aus der Stirn streichen. Aber an dieser Stelle der Halbglatze wuchsen schon länger keine Haare mehr. Die Geste war nur eine alte Gewohnheit, und Werner war so in Gedanken, dass er nicht bemerkte, was er tat. Jetzt ging er in seine kleine Küche, um sich einen Tee zu kochen. Der frisch gepflückte Lavendel aus dem Vorgarten würde ihn hoffentlich diese Nacht besser schlafen lassen. Der Pastor schmunzelte kurz. So weit war es also schon gekommen: Lavendeltee zur Beruhigung! Früher hatte er da ganz andere Hausmittelchen benutzt! Aber Pit Schmickler hatte recht: Der erste Pastor hier in der Gemeinde hatte den Busch nicht ohne Grund gepflanzt, sondern sicher selbst reichlich Gebrauch davon gemacht.

„Ich werde alt", sagte Werner zu sich selbst und griff nach dem Wasserkocher, um ihn aufzufüllen. Doch als er den Edelstahlbehälter vom Sockel genommen hatte, starrte er ihn nur an, statt ihn unter den Wasserhahn zu halten. Seine Rechte zitterte, aber das Gewicht des Wasserkochers war nicht der Grund dafür.

„Jetzt reicht es aber, reiß dich zusammen", befahl sich der Pastor selbst und drehte das Wasser auf. Er knallte den halbvollen Behälter zurück auf den Kontakt und schaltete den

Kocher ein. Dann nahm er eine große Tasse aus dem Hängeschrank. In diesem Moment klingelte das Telefon. Laut und dringlich schallte es durch das kleine Haus. Werner ließ die Tasse aus der Hand fallen. Sie zersprang auf dem gefliesten Küchenboden. Das Telefon klingelte zum zweiten Mal, und der Pastor rannte zum Hörer.

„Ja?! Schrober?", sagte er atemlos und lauschte kurz.

Der Wasserkocher begann zu summen. Als der Anrufer schwieg, erhob der Pastor seine Stimme.

„Ich sagte doch, dass ich nicht weiß, was die beiden gesehen haben", sagte er mit Nachdruck und begann, mit dem Hörer in der Hand auf und ab zu gehen. Nach ein paar Sekunden blieb er plötzlich stehen. Der Wasserkocher brodelte leise, doch Werner bemerkte es nicht.

„Das ist zu riskant!", sagte er beschwörend, um dann ein „Ich bin ruhig!" in den Hörer zu brüllen. Erneut strich er sich die nicht vorhandenen Haare aus der Stirn.

„Nein, Entschuldigung. Sie haben recht. Ich bin nicht ruhig. Ich bin nervös, und ich mag dieses Gefühl nicht", sagte er nun wieder ruhiger und wartete die Anweisung am anderen Ende ab. Der Pastor schloss die Augen. Seine Finger massierten jetzt seine Nasenwurzel.

„Es ist mir ganz egal, ob das normal ist!", erwiderte er dann noch einmal etwas lauter, bevor er wieder konzentriert zuhörte. Schließlich verabschiedete er sich, doch der Anrufer war noch nicht fertig.

„Ja, ja, schon gut, Sie sind der Profi", sagte Werner. „Alles ist gut. Ja, ich vertraue Ihnen ja." Er stöhnte lautlos. „Ja, das geht in Ordnung, bis bald."

Werner beendete das Gespräch und ließ den Kopf hängen. Der Wasserkocher produzierte mittlerweile Wasserdampf. Doch auch, als er sich selbständig abgeschaltet hatte, verharrte der Pastor noch eine weitere Minute wie in Trance, bevor er zur Arbeitsplatte ging und nach dem Behälter griff. Es knirschte unter seinen Schuhen. Irritiert blickte er zu Boden. Ach ja, die Scherben! Seine Augen verdüsterten sich. Es gab viel zu viele Scherben ... nicht nur in seinem Leben. Werner atmete tief durch. Sein Blick fiel auf den Wandkalender mit der Tageslosung, und ein leichtes Lächeln stahl sich in sein Gesicht. Entschlossen öffnete er den Besenschrank, nahm Kehrblech und Handfeger heraus und begann, die Reste der Tasse sorgfältig zusammenzukehren. Dann kippte er die Scherben in den Müll. Genau dort gehörten sie hin.

DER BESUCH BEI DER ALTEN DAME

Es war drei Minuten vor drei. Rahel balancierte die große Torte in den Händen, die Mama gerade erst fertig verziert hatte. Sie sah aus wie eine Riesen-Mozartkugel, und ebensolche hatte Frau Schmickler auch als Dekoration für jedes einzelne Stück verwendet. Natürlich keine ganze, sondern jeweils nur ein Viertel.

„Na los!", forderte Rahel ihren Bruder auf.

Silas holte tief Luft und fummelte an seiner Jacke herum. Als er denselben Knopf zum zweiten Mal auf und zu gemacht hatte, drängelte sich Ronny an ihm vorbei und drückte entschlossen auf die Klingel.

„Ist doch nicht so schwer!", meinte er. „Einfach benutzen, die Technik!"

„Danke", sagte Silas.

Doch die Detektei musste eine Weile warten, ehe innen der Vorhang hinter der Haustür zur Seite gezogen wurde. Auch dann konnten sie nur für einen Moment durch die Glasscheibe in den düsteren Flur gucken, bevor der dicke Stoff schon wieder in seine gewohnte Position rutschte. Offensichtlich hatte Frau Breuer sie erkannt. Kurz darauf öffnete sich die Haustür, und die alte Dame beäugte sie sorgfältig. Die

Torte schien ihr zu gefallen, aber als sie Sophia sah, kniff sie die Lippen zusammen.

„Muss die auch mit rein?“, fragte sie Silas, als handele es sich um einen Hund, der ihre Wohnung schmutzig machen könnte.

Rahels Bruder wusste gar nicht, was er auf so eine Frage antworten sollte. Aber Ronny konnte seine Wut kaum im Zaum halten.

„Entweder alle oder keiner!“, bestimmte er fest und starrte Frau Breuer entschlossen ins Gesicht.

Sophia sah ihn dankbar von der Seite an. Ihre Hände umklammerten den Griff des Leinenbeutels, in dem sich Marthas Kästchen befand.

„Na gut“, gab Frau Breuer nach und öffnete die Tür ganz. „Immerhin seid ihr pünktlich.“

Aus dem Flur schlug ihnen abgestandene Luft entgegen. Es roch noch nach Mittagessen. Irgendeine Kohlsorte hatte es gegeben, da war sich Rahel sicher. Sie folgten der alten Dame durch den Flur ins Wohnzimmer. Die Seniorin schlurfte über den harten und an manchen Stellen abgewetzten Teppichboden zum gedeckten Kaffeetisch. Auf der weißen Spitzentischdecke thronte ein riesiger Gugelhupf, umgeben von sechs sorgfältig platzierten Gedecken. Es war ein weißes Service mit Goldrand. *Das darf bestimmt nicht in die Spülmaschine,* dachte Sophia, bevor ihr einfiel, dass Frau Breuer wahrscheinlich noch alles mit der Hand abwusch. Die Stühle und der große, schwere Wohnzimmerschrank waren genauso dunkel wie die Vorhänge vor den Fenstern. Sie reichten bis zum Boden und waren nur halb aufgezogen, so als hätte Frau Breuer Angst, zu viel helles Licht könnte sie krank machen wie zu viel kalte Luft bei Durchzug.

Eine dicke Katze strich plötzlich um Sophias Beine. Sie lächelte. Das Tier mochte sie wohl, was Frau Breuer mit zusammengekniffenen Augen registrierte. Silas fröstelte. Warm war es hier nicht.

„F... Frau Breuer hat keinen Mann“, erklärte Anton Ronny zum dritten Mal heute und völlig ungeniert, obwohl der zweiundneunzigjährige Single direkt neben ihm stand.

„Setzt euch“, kommandierte die alte Dame, „und stell die Torte auf den Tisch, Mädchen, ehe sie dir aus der Hand fällt.“

„Danke, Frau Breuer“, sagte Sophia.

„Ich heiße Rahel“, sagte Rahel.

Die Jugendlichen zogen die schweren Stühle vom Tisch und setzten sich.

„D... Das ist ein Gu... Gu... Gugelhupf!“, freute sich Anton. „D... Der is lecker, Rahel. Haste gehört?“

„Das wissen wir erst, wenn wir ihn probiert haben“, murmelte seine Nichte.

„Ein deutsches Mädel kann backen“, sagte Frau Breuer. Sie kam mit einer Kanne Kakao aus der Küche. „Jedenfalls war das früher einmal so.“

Ronny zog die Augenbrauen hoch. Hatte sie gerade wirklich „Mädel“ gesagt? Silas simulierte einen Hustenanfall. Anscheinend hatte er dasselbe gehört.

„S... Sind da Rosinen drin?“, fragte Anton.

„Natürlich. Und gute Butter“, antwortete Frau Breuer mit leichter Empörung in der Stimme.

„L... Lecker!“, sagte Anton und rieb sich die Hände.

Gibt es auch schlechte Butter?, dachte Rahel. Diesmal dachte sie lieber nur, denn die alte Frau hatte wohl noch sehr gute Ohren. Sie beobachtete Frau Breuer, wie sie den Kakao in die Tassen goss. Dann stellte sie die Kanne auf das Stövchen und griff nach dem Kaffee. Dabei musste sie den Arm weiter ausstrecken, und der Ärmel ihres schwarzen Kleides rutschte etwas in die Höhe. Rahel sah sofort das Armband. Es war das Gleiche wie das in der Kiste! Da war sie sich sicher. Sie stieß

Sophia an, doch in dem Moment ließ die alte Dame den Arm hängen, und das Kettchen verschwand unter dem Stoff.

Das Kaffeetrinken verlief schweigsam. Es war schwierig, mit Frau Breuer ins Gespräch zu kommen, da selbst die kleinste Freundlichkeit an ihr abzuprallen schien wie ein Ball von einer Wand. Obwohl sich Silas und Sophia redlich bemühten, hörte man die meiste Zeit nur das Klappern der Kuchengabeln auf den Tellern. Selbst Anton war still.

„Schmeckt gut, der Gu... Gu... Gugelhupf, Rahel!“, sagte er nur einmal. „Gu... Gut schmeckt der.“

Aber selbst das Lob zauberte kein Lächeln auf das Gesicht der alten Dame.

„Man spricht nicht mit vollem Mund“, tadelte sie nur.

Als Sophia und Silas schließlich anboten, beim Abtrocknen zu helfen, erlaubte sie das zwar, konnte sich aber ein „Lasst bloß nichts fallen!“ nicht verkneifen.

„Was habt ihr denn nun für mich?“, fragte sie schließlich, als das Goldrandgeschirr wieder in der Vitrine verschwunden war.

Sie stand als Einzige. Silas sprang auf und rückte den Stuhl vor Kopf ab, auf dem Frau Breuer beim Kaffeetrinken gesessen hatte.

„Etwas ganz Besonderes“, sagte er, „Aber bitte setzen Sie sich erst.“

Er hatte Sorge, die alte Dame würde beim Anblick der Habseligkeiten ihrer verstorbenen Schwester in Ohnmacht fallen. Immerhin war sie zweiundneunzig, und er fühlte sich irgendwie verantwortlich. Ausnahmsweise tat Frau Breuer, worum er sie bat. Silas nickte Sophia zu, und die hob den Leinenbeutel auf ihren Schoß. Sie zögerte nur einen Augenblick, dann griff sie hinein und holte Marthas Kästchen heraus. Zum ersten Mal an diesem Tag zeigte sich eine Regung in Frau Breuers Gesicht. Ihre Augen wurden größer, obwohl

Silas das nicht für möglich gehalten hätte bei dem Zustand der Haut und der erschlafften Muskulatur. Am Hals sah man die dicke Schlagader deutlich schneller pulsieren, und Silas war heilfroh, dass die Zweiundneunzigjährige sich hingesetzt hatte. Sie schluckte ein paar Mal.

„Wo... habt ihr das her?!", fragte sie dann etwas heiser, aber verständlich.

„A... aus dem Bunker!", stotterte Anton.

Frau Breuers Gesicht warf noch mehr Falten.

„Aus dem Bunker am Sonnenhang?", fragte sie.

„Genauer gesagt war es vor dem Eingang zum Bunker. Sie kennen ihn?", fragte Silas.

„Jeder kannte ihn", sagte Frau Breuer herablassend, als wäre der Betonbau aus Brehl ebenso berühmt wie der Kölner Dom. „Ist bei einem Erdbeben 1947 verschüttet worden."

„Ah ... ah, ach so", sagte Silas. „Ja, und jetzt ist er durch ein Erdbeben wieder freigelegt worden."

„Ich weiß", sagte Frau Breuer einfach und streckte die zitternde Hand aus.

Sophia stand auf und gab ihr das schwere Kästchen lieber in beide Hände. Eine Weile behielt die alte Dame den hölzernen Würfel auf dem Schoß.

„Es ist Marthas Schmuckkästchen", sagte sie. „Ich hatte genau das gleiche. Vater hat sie für uns geschreinert."

Frau Breuer manövrierte das schwere Ding auf die Tischdecke und sah es an.

„Es ist ein kleines Kunstwerk", sagte die Zweiundneunzigjährige andächtig.

Es klang, als spräche sie mit sich selbst. Dann hob sie den Deckel ab. Er ließ sich jetzt wieder leichter öffnen. Das Holz war trockener geworden, und Opa hatte die Ränder mit Silikonspray eingesprüht.

„Ich hatte genau das gleiche."

Sie fing an, sich zu wiederholen. Vorsichtig nahm sie die alten Fotografien heraus.

„Das gleiche Kästchen?“, fragte Silas freundlich nach, obwohl er genau wusste, was gemeint war.

„Wir sahen so fesch aus“, sagte Frau Breuer, statt Silas zu antworten. Die schwarz-weißen Fotos hatten sie völlig in den Bann gezogen. Die alte Dame war mit ihnen an einen anderen Ort und in eine andere Zeit gereist. Jedes Bild wurde gründlich betrachtet und dann langsam hinter die anderen gesteckt. Frau Breuer schluckte immer wieder, und auf einmal rollte eine kleine Träne über ihre zerfurchten Wangen. Verlegen wandte Rahel sich ab. Sophia stand auf und holte ein Glas Wasser aus der Küche. Sie stellte es vor der alten Dame ab. Doch es kam kein Danke.

„Sie war die Sportlichere von uns beiden“, erzählte Frau Breuer stattdessen und nahm einen Schluck Wasser.

Niemand wollte sie unterbrechen. Also schwiegen alle, sogar Onkel Anton.

„Martha hat das Leistungsabzeichen bekommen, als Jüngste in unserer Gruppe. Gott, war ich stolz auf sie! Aber dann war sie nur noch mit diesem Kurt zusammen.“

Ein harter Zug erschien um Frau Breuers Mund. Die Lippen kräuselten sich vor Empörung.

„Der hatte keinen guten Einfluss auf sie. Jeder wusste doch, dass der nichts taugte.“

Hektisch kramten die zitternden Finger jetzt in der Kiste und nahmen das Vögelchen und den Lederring heraus.

„Wer war Kurt?“, wagte Silas leise zu fragen.

„Was interessiert dich das?“, gab Marthas Schwester zurück „Steck deine Nase nicht in fremde Angelegenheiten! Der ist längst tot. Aber der hat sie ins Unglück gestürzt. Aufsässig war er.“

Ihre Augen wurden wieder trocken und hart.

„Das habe ich immer gesagt: ‚Der stürzt dich ins Unglück, Martha‘, habe ich ihr gesagt."

Dann stießen ihre knochigen Finger auf den Brief. Sie krallten sich um das Papier und hoben ihn hoch. Als sie die Adresse las, wurden ihre blassen Lippen noch dünner.

„Der ist geöffnet", stellte die Seniorin vorwurfsvoll fest.

Rahel räusperte sich.

„Ähm, ja, wir mussten ihn öffnen, um herauszufinden, wem das Kästchen gehört."

„Schon mal was von Briefgeheimnis gehört?", fragte Frau Breuer, als hätte sie Rahels Erklärung nicht mitbekommen.

Silas wurde rot.

„Ich hoffe, ihr habt ihn nicht auch noch gelesen."

„D... Doch!", posaunte Onkel Anton aus. „So... Sophia hat ihn übersetzt."

Die Detektive erschraken. Antons Ehrlichkeit war mal wieder nicht zu überbieten! Aber Frau Breuer hatte den Brief bereits aus dem Umschlag genommen und Anrede und Anfang gelesen. Sie machte den Rücken steif und lehnte sich zurück, als müsste sie Abstand von den Zeilen in ihrer Hand nehmen. Dann sah sie die Kinder der Reihe nach an.

„Was wisst ihr schon?", schimpfte sie los. „Ihr wisst nicht, wie es damals war. Glaubt ihr, in der Schule und aus Büchern lernt man die Wahrheit?"

Sie schüttelte den Kopf.

„Ihr habt kein Recht, über mich zu urteilen!", betonte sie nun wieder etwas ruhiger, obwohl niemand etwas gegen sie gesagt hatte. Aber vielleicht ahnte sie, was die Detektive dachten. Fest drückte sie den Brief an ihre Brust.

„Meine Schwester ist in amerikanischer Gefangenschaft gestorben. Einen Tag vor Kriegsende! Sie war krank, und niemand hat ihr geholfen! Sie haben sie einfach sterben lassen. Eine Sechzehnjährige. War das etwa richtig?!"

Die Amerikaner hatten in einem zerbombten Land 250 000 Leute zu versorgen!, dachte Silas, aber es hatte wohl wenig Zweck, das zu erwähnen. Außerdem war es auch keine besonders gute Entschuldigung.

Frau Breuer starrte Silas feindselig an, obwohl der nichts für die Vergangenheit konnte. Dann faltete sie den Brief schnell und legte ihn nur halb gelesen zurück in das Kästchen. Stumm packte sie auch die Fotos, die Tonpfeife und den Halstuchring dazu. Niemand traute sich, sie auf das Armband hinzuweisen, das am Boden des Schmuckkastens lag.

„Ich habe sie nie wiedergesehen", schloss die alte Frau und drückte den Deckel auf die Holzschatulle. „Hört ihr? Nie wieder! Meine eigene Zwillingsschwester", wiederholte sie und stand auf. „Ich glaube, ihr geht jetzt besser. Ich bin eine alte Frau. Ich brauche jetzt meine Ruhe."

Langsam und sprachlos erhoben sich die fünf Detektive von den Stühlen. Rahel griff nach der immer noch halbvollen Tortenplatte. Selbst Silas hatte nur zwei Stücke Kuchen gegessen. Frau Breuer nahm ihren Stock und ging zur Eingangstür. Bevor sie sie öffnete, besann sie sich kurz.

„Danke, dass ihr mir die Kiste gebracht habt", sagte sie dann. „Wie ist sie dahin gekommen? Ich dachte immer, Martha hätte sie mit ins Lager, in die Goldene Meile, genommen."

„Das wissen wir leider auch nicht, Frau Breuer", meinte Silas. „Jedenfalls vielen Dank für den Kaffee ... äh, für den Kakao."

„Tschüss", sagte Onkel Anton trocken.

Als sie weit genug von dem kleinen, windschiefen Fachwerkhaus entfernt waren, blieb Ronny stehen.

„Ob die so ist wie der Vater von der Kragenbeck?", fragte er nachdenklich.

„Vielleicht", meinte Silas vorsichtig.

„Vielleicht?!“, brauste Rahel auf. Sie stemmte die freie Hand in die Hüfte. „Geht's noch?! Ganz bestimmt ist sie so. Sie wollte nicht mal den Brief an Leopold lesen!“

Missbilligend schüttelte sie den Kopf.

„Rahel, wir wissen es nicht“, widersprach Silas, „Du musst vorsichtig sein mit dem Urteil über andere Leute. Jedenfalls hat sie den Brief jetzt. Vielleicht wollte sie nur allein sein, wenn sie ihn liest!“

„Völlig klar!“, schnaubte seine Schwester und setzte sich wieder in Bewegung.

„Rahel, jetzt warte doch mal!“, rief Silas ihr hinterher.

„Die Torte ist schwer!“, gab Rahel zurück.

Silas schloss zu seiner Schwester auf.

„Ich nehme die Torte“, bot er an und nahm Rahel die Platte aus der Hand.

„Jedenfalls hat sie den Brief jetzt“, wiederholte er, „und damit die Chance, noch einmal alles zu überdenken. Maria hat ihr ein gutes Beispiel gegeben. Sie hat um Vergebung gebeten. Wir haben getan, was wir tun konnten. Was Frau Breuer mit ihrer Schuld macht, ist ihre Sache.“

„Ihre Entscheidung?“, fragte Rahel und dachte an Ruth.

„Genau“, bestätigte Silas zufrieden.

„Trotzdem hat die einen Ton drauf, der ist echt nicht schön!“

„Sorry, Rahel, aber ehrlich gesagt klingst du manchmal genauso“, sagte ihr Bruder leise.

„Gar nicht wahr“, sagte Rahel empört. „Du spinnst wohl!“

Silas seufzte.

ALLES UMSONST

Rahel wachte mit Schmerzen auf. Stöhnend hob sie die Arme an, um die Bettdecke an die Seite zu schieben. Kaum zu glauben, dass man von ein paar Bohrlöchern einen solchen Muskelkater bekam! Na ja, gut, es waren mehr als ein paar Löcher gewesen. Mama hatte mit ihr zusammen den großen Schlitz im Wohnzimmerboden vorbereitet, der von der eingerissenen Zimmerwand übrig geblieben war. Opa Peter wollte ihn am Montag neu mit Estrich auffüllen. Dafür durfte Rahel vierzig Löcher in beide Seiten des Schlitzes bohren und lange Plastikdübel zum Verbinden hineinstecken. Mama hatte alles gründlich ausgesaugt und ihr gezeigt, wie man Styropor passend zuschnitt, der unter den neuen Estrich kam. Das Anrühren des Fertig-Estrichs überließ Mama lieber ihrem Schwiegervater.

„Das Rezept ist zwar einfacher als bei einem Kuchenteig, aber der Mixer ist mir etwas zu groß!“, hatte sie lachend gesagt.

Kein Wunder, der Mörtelrührer ging Mama fast bis zum Hals, wenn sie danebenstand. Rahel grinste in der Erinnerung an das Bild und schwang die Beine über die Bettkante. Gut, dass heute Pause war mit der Arbeit!

„Ach, der Gottesdienst“, fiel es ihr plötzlich ein.

Heute war Gottesdienst! Deswegen war Pause ... Sie warf einen Blick auf die Uhr. Erst acht, das hieß, sie hatte noch genug Zeit zum Duschen und für ein gemütliches Frühstück. Auch wenn das Haarewaschen mit den schweren Armen bestimmt kein Vergnügen werden würde. Seufzend suchte sie ihre Sachen zusammen.

„Wow, schon fertig?!“, begrüßte Silas seine Schwester etwas später in der Küche.

„Was dagegen?“, gab Rahel zurück.

Sie war die Erste und wollte sich gerade in Ruhe mit einem Brötchen an den Tisch setzen. Außerdem war sie Silas noch böse wegen seiner Bemerkung gestern.

„Nein, wieso? Nimm doch nicht immer alles gleich persönlich.“

Silas seufzte. Eigentlich hatte er sagen wollen, dass Rahel hübsch aussah. Ihre noch feuchten Haare waren offen, damit sie trocknen konnten. Lediglich zwei goldfarbene Spangen hielten sie etwas im Zaum. Sonst trug seine Schwester ihre braune Mähne immer als praktischen Pferdeschwanz, und das bunte Sommerkleid hatte er noch nie an ihr gesehen.

„Mache ich das denn?“, fragte Rahel. Sie hatte gar nicht so aggressiv sein wollen.

Silas war zum zweiten Mal überrascht. Seine Schwester klang tatsächlich so, als sei sie an einem ehrlichen Feedback interessiert.

„Na ja“, zögerte er mit der Antwort und nahm sich auch ein Brötchen, „nicht immer natürlich, aber ich finde, schon ganz schön oft. Manchmal bist du stachelig wie eine Kastanie.“

„Wenigstens hast du nicht Kaktus gesagt“, meinte Rahel plötzlich schmunzelnd und überraschte ihn damit zum dritten Mal. Was war nur los mit ihr?

„Du siehst gut aus", meinte Silas jetzt doch. „Äh, so mit dem Kleid und den offenen Haaren. Das steht dir gut."

Er räusperte sich.

„Danke", sagte Rahel und grinste.

„Halloho, ihr Lieben!", sang Mama, als sie den Flur betrat. Mit Schwung warf sie die Haustür zu. Wenn noch irgendjemand in diesem Haushalt im Bett gelegen hatte, dann war er jetzt herausgefallen. Morgens hatte Mama meistens eine gnadenlos gute Laune.

„Wie schön, dass ihr schon fertig angezogen seid! Wir müssen heute etwas früher los. Ich muss mit Gabrielle noch einmal das Lied durchsingen."

„Du singst heute?", fragte Rahel.

In Dortmund hatte Mama öfter im Gottesdienst solo gesungen. Aber in Burgenach würde es das erste Mal sein. Es war nicht so einfach, einen Pianisten zu finden, der auch Klassik beherrschte.

„Ja, Schatz, das Stück von Händel, das du neulich von mir gehört hast."

Mama füllte Wasser in die Kaffeemaschine und Pulver in den Filter. Sie schwieg kurz, um die Löffel richtig abzuzählen.

„Die Begleitung ist nicht zu schwierig. Gabrielle macht das ganz prima!", erklärte sie dann.

„Cool!", meinte Rahel, und Hannah Schmickler vergaß, die Kaffeemaschine einzuschalten. Verblüfft von Rahels Reaktion sah sie zu Silas. Doch der zuckte nur die Schultern. Rahel sah es nicht. Sie hatte sich umgedreht und ging hoch in ihr Zimmer, um ihre Handtasche zu packen. Als sie zuletzt nach der Packung mit Papiertaschentüchern griff, sah sie ihre kleine Bibel auf dem Nachttisch liegen. Sie zögerte kurz, dann nahm sie das Buch und schob es zwischen Deo und Handy.

„‚Es ist keiner gerecht!'", donnerte Werner. „‚Auch nicht einer.'"

Der Pastor der SEGE war schwer in Fahrt. Silas hätte nicht gedacht, dass er so aus sich herausgehen konnte. Sonst war er eher ruhig und besonnen. Aber jetzt blitzten seine Augen, und das Gesicht war gerötet. Rahel sah auf ihre Bibel. Sie hatte nach einigem Blättern tatsächlich die Stelle aus dem Römerbrief gefunden, über die Werner sich gerade so aufregte, und bedauerte, dass sie ihre Ohrstöpsel nicht mitgenommen hatte. Heute machte der Pastor mit seiner Lautstärke sogar Mama Konkurrenz.

„Kapitel drei, Vers zwölf: ‚Sie sind alle abgewichen, sie taugen alle zusammen nichts; da ist keiner, der Gutes tut, da ist auch nicht einer!'", las Werner immer noch laut. Dann stoppte er und sah auf die Gemeinde. „Das, meine Lieben, ist Gottes Urteil über uns, über die gesamte Menschheit. Wir alle sind verloren!"

Jetzt war seine Stimme sehr viel leiser. Trotzdem regte sich in Rahel Widerstand. Das sah er wohl etwas zu schwarz, fand sie. Es gab doch viele Menschen, die Gutes taten. Die Detektei Anton zum Beispiel. Hatten sie nicht eben erst Frau Breuer ein wertvolles Andenken an ihre verstorbene Schwester verschafft?

„Wenn du das anders siehst, hast du nicht verstanden, wie ernst Gott Schuld und Sünde nimmt."

Rahel erschrak. Sprach Werner mit ihr? Er konnte doch unmöglich wissen, was sie eben gedacht hatte!

„Wenn du das anders siehst, hast du nicht verstanden, wie heilig Gott ist. Du kennst ihn nicht und du kennst dich nicht", behauptete der Pastor noch einmal. „Du weißt nicht, was Schuld wirklich bedeutet."

Schuld! Da war es schon wieder, dieses Wort! Erst gestern hatte Silas es benutzt, als er von Frau Breuer sprach. Na ja, bei der alten Dame hatte Werner wohl recht. Ihre Schuld war auch schrecklich. Sie hatte ein Menschenleben auf dem Gewissen. Auf sie traf wohl zu, was Werner behauptet hatte.

„Und denke jetzt nicht: ‚Oh ja, der XY oder die soundso, da stimme ich Werner zu. Der oder die hat wirklich ein Problem mit Gott! Ja, die haben sich wirklich schuldig gemacht.'"

Rahel wurde knallrot. Das gab es doch nicht! Schnell senkte sie den Blick auf die Seiten vor ihr, als läse sie konzentriert den Bibeltext. Aber die Buchstaben nahm sie gar nicht wahr. Sie musste zuhören, was der Pastor sagte. Fast sehnte sie sich danach, dass sie wie sonst immer nicht begreifen würde, worum es ging.

„Nein, auch dich trennt deine eigene Schuld von einem heiligen Gott. Wenn du ehrlich bist, ist das doch nur die logische Folge. So schuldig, wie wir sind, würden wir tot umfallen in seiner Gegenwart. Wir würden erschlagen von seiner Reinheit und Heiligkeit und Gerechtigkeit. Jeder Einzelne von uns. Es würde uns einfach umhauen! Kein Mensch kann in Gottes Nähe bestehen. Dabei ist es völlig egal, ob wir nur gelogen haben, betrogen oder geklaut oder ob wir ..."

Werner stockte kurz. Er musste sich räuspern.

„... oder ob wir einen anderen Menschen auf dem Gewissen haben."

Der Pastor war sehr leise geworden, und seine Stimme wackelte etwas.

„Ob wir zum Mörder geworden sind."

Rahel zog die Stirn kraus. Mörder wie Maria und Martha? Rechnete Werner sich etwa auch dazu?! Sie dachte an das hässliche Tattoo. Hatte Werner etwa jemanden umgebracht?!

„Und glaubt mir, Mord fängt bei Gott sehr viel früher an als in unserem Strafgesetzbuch."

Schon war Rahel in Gedanken wieder bei sich selbst. Siedend heiß fiel ihr die Stelle mit dem Beschimpfen von anderen ein. Sie vergaß die Tätowierung und guckte zu Silas, der rechts von ihr saß. Aber der merkte es nicht, deshalb sah sie wieder nach vorne zum Pastor.

„Sein Maßstab ist sehr viel strenger als unser eigener. Oh nein, halt!", ermahnte Werner sich gerade selbst. „Nein, das stimmt gar nicht. Nicht immer ist unser Maßstab so viel gnädiger als Gottes Maßstab. Nein, nein! Bei anderen, da sehen wir den kleinsten Fehler, den Splitter im Auge. Oh ja, da sind wir päpstlicher als der Papst!"

Silas hob eine Augenbraue. Genau wie Mama, wenn sie sich wunderte oder ihr etwas missfiel.

„D... Der Pa... Pa... Papst!", lachte Onkel Anton.

Der Pastor hörte es nicht. Er machte weiter:

„Oh ja, es ist sehr leicht, über andere zu urteilen. So viel leichter, als Gottes Urteil über uns selbst anzunehmen."

Rahel wusste gar nicht mehr, was sie denken sollte. Werner schaute gerade in ihre Richtung. War das Zufall?! Was wollte er denn von ihr? Sollte er sich nicht lieber um sich selbst kümmern? Sie senkte den Blick wieder starr auf ihre Bibel. Aber es war immer noch, als sähe sie durch die Seiten hindurch.

„‚Da ist keiner, der Gutes tut', sagt Gott. Findest du das zu hart? Willst du sagen, Gott übertreibt? Er ... lügt?"

Werner blickte ernst auf die Gemeinde. Dann schüttelte er den Kopf.

„Gott lügt nicht. Er lügt niemals! Wenn man nur ein einziges Gebot gebrochen hat, dann hat man alle gebrochen, sagt sein Wort. Ja, das ist anders als in unseren Gesetzbüchern, und Gott muss so streng sein. Denn er will nicht unseren Tod, sondern dass wir leben!"

Der Pfarrer blätterte in seiner Bibel, die dick und schwer vor ihm auf der Kanzel lag. Werner besaß den Mercedes unter den Bibeln. Fast DIN-A4 groß und mit sehr breitem Rand für seine vielen Kommentare, die er daneben schrieb. *Man könnte glatt jemanden erschlagen mit dieser Bibel,* dachte Rahel und verpasste den Vers, den der Pastor vorlas.

„Und deswegen gibt es auch einen Ausweg", sagte Werner dann.

Die roten Flecken in seinem Gesicht verschwanden. Jetzt sah er lächelnd auf seine Schäfchen. Diesmal hatte er eine gute Botschaft.

„Aber nur einen einzigen. Der Weg heißt Jesus. Nur er kann uns die Schuld vergeben, weil er dafür bezahlt hat. Er hat sie für uns gesühnt, er hat sie getilgt. Das heißt gelöscht, endgültig beseitigt."

Ah!, dachte Rahel. Ihr fiel das Lied ein, das Mama gleich singen würde. „Sein bitt'res Leiden sühnt meine Sünde, sein Todesschmerze tilgt meine schwere Schuld."

Da war das komische Wort auch vorgekommen: tilgen. Die Stelle mit der schweren Schuld hatte Mama oft genug geübt. Löschen hieß das also, wie mit der Entfernen-Taste am Computer?

„Eine Weile kann man Schuld verdrängen, aber davon wird man sie nicht los", fuhr Werner kopfschüttelnd fort. „Du kannst auch versuchen, sie zu ertränken, aber glaube mir, das Monster kann schwimmen, selbst im Alkohol. Es kommt immer wieder hoch."

Rahel musste schmunzeln, obwohl das Thema so ernst war und Werner bestimmt keinen Witz machen wollte. Jedenfalls sah er nicht so aus.

„Schuld lässt unserer Seele, unserem Gewissen niemals Ruhe. Sie ist wie ... Sprengstoff ... wie eine geistliche Bombe!"

„B... Bombe! Haste gehört, Rahel? Ich hab auch 'ne Bombe gefunden!", griff Anton das Wort auf. Doch als seine Nichte nicht reagierte, schwieg er. Der Pastor aber blieb bei dem gewählten Vergleich.

„Egal, wie alt diese Schuld-Bombe ist, egal, wie tief du sie vergraben hast – sie ist immer noch in der Lage, dein Leben auseinanderzusprengen. Und wenn du siebzig oder achtzig Jahre für sie büßen wolltest oder sie abarbeiten würdest ... Unmöglich! Der Betrag, die Summe ist zu groß. Du kannst sie niemals bezahlen! Du kannst sie nicht durch deine guten Taten aufwiegen. Sie wiegt zu schwer."

Silas, der rechts von Rahel saß, flüsterte etwas vor sich hin. Werner machte gerade eine Pause, um seine Worte wirken zu lassen.

„Die Sünde und die Schuld eines jeden Einzelnen von uns sind so groß, dass nur Gott selbst sie bezahlen konnte. Nur er selbst konnte sie durch Bezahlung aufheben. Sein eigenes göttliches und sündloses Leben war der Preis dafür!", rief er dann. „Wir bekommen die Vergebung umsonst, weil Gott bezahlt hat! Hört ihr? Umsonst! Alles ist umsonst! Ohne Verdienst, nur durch seine Gnade, nur durch den Glauben an Jesus wird die Schuld getilgt! Gelöscht!"

„U... Umsonst, Rahel, haste gehört, umsonst ist das!"

Diesmal stupste Onkel Anton Rahel von links den Finger in die Seite, um endlich ihre Aufmerksamkeit auf sich zu ziehen.

„Ja doch!", sagte sie und schaute weiter in den Römerbrief. Jetzt begriff sie die Buchstaben wieder. Werner hatte sich bis zu Vers 24 vorgearbeitet.

„Aber was heißt das? Glauben an Jesus?", fragte Werner und gab gleich darauf selbst die Antwort.

„Wir müssen ihm vertrauen, ihm glauben, was er sagt! Glauben, dass er die Wahrheit sagt. Das heißt das. Glaubst du, dass du ein Sünder bist und er der Heiland ist? Du bist krank und er der Arzt? Du der Angeklagte, er der Richter? Glaubst du, dass sein Urteil über dein Leben gerecht ist?"

Werner klappte seine Bibel zu.

„Dann sage ihm, dass du ihm glaubst! Kehre noch heute zu ihm um. Er wartet auf deine Entscheidung!“

Der Pastor stieg von der Kanzel und setzte sich in die erste Reihe. Mama und Gabrielle gingen nach vorne. Rahel drückte irgendetwas auf den Brustkorb. Sie holte tief Luft, aber das beklemmende Gefühl blieb.

„Jesus, mein Heiland ...“, sang Mama, von Gabrielle begleitet.

Es klang wunderschön. Die Worte ergaben plötzlich Sinn, nicht nur an Ostern.

„A... Alles umsonst“, murmelte Onkel Anton, als das Lied zu Ende war. „Ha... Haste gehört, Rahel? A... Alles um... umsonst!“

Ja, sie hatte gehört. Vielleicht zum ersten Mal richtig zugehört. Aber es waren unbequeme Worte, und sie machten sie unruhig. Rahel beschloss, ab sofort zu allen Menschen freundlicher zu sein. Das wäre doch gelacht, wenn sie das nicht irgendwie hinkriegen würde …

SONNTAGABEND

Draußen war es fast dunkel. Pfeifend verließ Ronny die kleine, alte Jahnsporthalle in Burgenach. Eine dunkelblaue Sporttasche baumelte von seiner Schulter. Er war müde, aber äußerst zufrieden mit sich. Zum Abkühlen würde er jetzt gemütlich nach Hause radeln und unter die Dusche springen. Dann einen weiteren Film auf seiner Netflix-Liste abhaken. Der perfekte Abschluss eines freien Tages! Der große Junge bückte sich und schloss das Fahrradschloss auf. Die Tür, durch die er eben gekommen war, öffnete sich erneut.

„Du schließt das Schrottteil ab? Meinst du wirklich, das klaut noch einer?", fragte ein junger Mann mit kurzem schwarzem Haar.

Er war deutlich älter als Silas' Freund und blieb in der Turnhallentür stehen. Von der obersten Treppenstufe schaute er schmunzelnd auf ihn herab.

„Versuch's doch!", bot Ronny an und grinste.

Er nahm Daniel den Scherz nicht übel, sondern gönnte ihm die kleine Revanche für die Niederlage eben.

„Nein, danke, mir reicht es", wehrte Daniel ab. „Heute lege ich mich lieber nicht noch einmal mit dir an. Aber nimm dich in Acht! Beim nächsten Mal erwische ich dich!"

„Könnte sein. Du warst gar nicht schlecht“, gab Ronny gutmütig zu.

Er schwang sich auf seinen alten Drahtesel und schaltete das Licht ein.

„Na, immerhin siehst du es ein. Ich bin ja auch schon etwas länger im Geschäft als du“, sagte Daniel.

„Ja, Erfahrung ist gut“, stimmte Ronny zu.

Der junge Mann nickte lächelnd. Ronny war ein prima Kerl.

„Einen schönen Abend noch!“, sagte er und ließ die Turnhallentür los.

Langsam fiel sie ins Schloss.

„Dir auch“, sagte Ronny und trat in die Pedale.

Der Abend war noch angenehm warm. Ronny bemerkte das Auto nicht, das ihm von der Ampel bis zu der kleinen Nebenstraße folgte, in die er abbog, um nach Hause zu kommen. Doch der Fahrer des Autos war in seinen Gedanken so weit weg, dass es gerade für die Beachtung der Verkehrsregeln reichte. Er erkannte den besten Freund seines Sohnes nicht. Nur Silas hatte Ronny aus der Turnhalle kommen sehen und wunderte sich kurz. Aber dann vertiefte er sich schnell wieder in die Vokabeln auf seinem Schoß.

„Was hast du denn am Sonntagabend noch in der Turnhalle gemacht?“, fragte er seinen Freund erst am nächsten Morgen auf dem Schulhof.

„Nichts Besonderes“, gab Ronny betont gleichgültig zur Antwort und versuchte, sich seine Überraschung nicht anmerken zu lassen

Sophia lächelte.

„Nichts Besonderes?“

„Na, das Übliche halt“, wich Ronny aus.

„Aha, das Übliche. Und was ist das?“, fragte Silas.

„Na, Sport."

Rahel runzelte die Stirn. Ronny tat ganz schön geheimnisvoll.

„Ach ja? Ich wusste gar nicht, dass Turnhallen sonntags geöffnet sind", meinte sie.

„Haben sie auch eigentlich nicht, nur für diese Gruppe. Einer von denen ist mit dem Hausmeister verwandt, deswegen können wir sonntags rein. Er überlässt ihm den Schlüssel."

Ronny steuerte auf die Schultür zu und erhöhte das Tempo. Dann würde Silas vielleicht die Luft zum Fragen ausgehen.

„Ist das illegal?", fragte Rahel neugierig.

Vielleicht war Ronny deshalb so wortkarg. Sie hielt locker mit Silas' Freund mit.

„Quatsch! Wir machen da Sport nur auf eigene Gefahr, weil halt kein Hallenwart da ist."

„Sonntags? Ich fasse es nicht. Hier in der katholischen Eifel? Bei uns ist doch der Sonntag normalerweise heilig!", lachte sie. Dann wurde sie rot. War das noch lustig oder schon unfreundlich? Schließlich war Sophia auch katholisch …

„Ja, in der Tat. Und stell dir vor, bei uns Katholiken fängt er sogar schon samstags um 18 Uhr an. Vermutlich ist Sonntagabendsport dann auch okay", schmunzelte Sophia.

„Ach, wie bei den Juden?", keuchte Silas, bemüht, den Anschluss nicht zu verlieren. „Für die fängt der neue Tag auch schon abends an. Trainierst du mit Juden?"

„Keine Ahnung, Mann", sagte Ronny über die Schulter. „Hab noch nie drüber nachgedacht. Wir machen einfach Sport zusammen. Das ist alles. Und da spielt Religion keine Rolle."

Sophia nickte. „Gut so."

„Und genau deshalb schwimme ich so gerne", seufzte Rahel und versuchte bewusst, einen versöhnlichen Ton anzuschlagen. „Dem Wasser ist es auch egal, was ich glaube."

Dann wandte sie sich an ihre Freundin.

„Kommst du heute nach der Schule kurz mit ins Thermalbad? Ein paar Bahnen ziehen, bevor wir mit der Kragenbeck zu der Stadtratssitzung gehen?“

Sophia schüttelte energisch den Kopf. Sie ging durch die offene Tür und betrat das Schulgebäude.

„Tut mir leid, ich muss noch etwas vorbereiten.“

„Für morgen? Da haben wir doch gar nichts auf“, erschrak Rahel, „oder?!“

Ihre Freundin lachte.

„Nein, keine Angst. Es sind freiwillige Aufgaben.“

„Freiwillig?! Hast du dich etwa bei Silas angesteckt?“, neckte Rahel und wich von ihrem Bruder zurück, als hätte er eine gefährliche Krankheit.

Silas guckte empört. Rahel seufzte und hob entschuldigend die Hände. Oh Mann. Es war gar nicht so einfach, lustig und trotzdem freundlich zu sein!

„Nein.“

Sophia schaute auf den Boden, während sie neben ihren Freunden herging. Dann sagte sie kaum hörbar:

„Ich ... äh ... ich halte heute die Rede für die Stolpersteine-AG.“

Wie auf Kommando blieben ihre Freunde stehen.

„Wow!“, sagten Ronny und Silas gleichzeitig.

Rahel hatte es kurz die Sprache verschlagen. Sie hatte den Pechvogel bedauert, der so eine Rede auszuarbeiten hatte, doch Sophia sah aus, als würde sie sich auf das Ganze freuen! Hatte sie tatsächlich Spaß an so etwas?

„Okay ... Das ist ... wirklich sehr mutig von dir!“, lobte sie ihre Freundin, als sie ihre Sprache wiedergefunden hatte. Na bitte, sie konnte doch nett sein. Reine Übungssache! „Dann musst du aber lauter sprechen.“

Sophia lachte.

„Ja, das mache ich", versprach sie.

„Und nach oben gucken!", gab sie Sophia noch einen guten Rat.

„Jawohl!"

8. MAI 1945

KRIEGSENDE. *Der junge Mann mit dem steifen Bein konnte es nicht fassen. Er starrte immer noch auf das Plakat an der Litfaßsäule wie ein Erstklässler auf die erste Seite in der Lesefibel. Dabei hatte er die Worte längst gelesen.* **BEDINGUNGSLOSE KAPITULATION** *stand dort in großen, geraden Buchstaben.* **HEUTE ABEND, AM 08. MAI, UM 23 UHR TRITT DER WAFFENSTILLSTAND IN KRAFT,** *hieß es. Und:* **GESTERN VON GENERALOBERST JODL UNTERZEICHNET.** *Direkt vor ihm war es schwarz auf weiß gedruckt und öffentlich aufgehängt. Der Krieg war vorbei! Er war frei. Er sollte sich erleichtert fühlen, er sollte sich freuen. Aber da war keine Freude, oder? Er hatte kein Wort für das, was er fühlte. Da war nur ein Name auf seinen Lippen: Martha. Für sie kam die Befreiung zu spät. Sie war gestern gestorben. Kurt flüsterte einen anderen Namen: Leo. Auch Leopold war höchstwahrscheinlich tot, genau wie seine Eltern. Marthas Brief würde sie nie erreichen. Das Holzkästchen musste für immer im Waldboden ruhen. Das Wort des Todes: Auschwitz. Es gab so viele Namen, so viele Tote ... zu viele. Frieden sollte sich anders anfühlen, anders als diese Leere.*

Langsam wandte sich Kurt von dem Plakat ab. Er hob den tränenverschleierten Blick. Dann zuckte er zusammen, als wäre er vom Blitz getroffen worden. Er blinzelte, um seine Wimpern zu trocknen. Was machst du hier?, wollte er sie fragen, doch die Worte blieben ihm im Halse stecken. Sie sah so aus wie immer, als sei das ganze Elend an ihr vorbeigegangen. An ihrem langen Rock, der weißen Bluse und den perfekten Zöpfen. Aber sie sah nur so aus. Es war nicht seine Martha. Das hier war Maria. Das grausame Ebenbild der Verstorbenen. Hocherhobenen Hauptes und mit zusammengekniffenen Lippen stand sie da und sah auf ihn herab. Dünner als früher, aber genauso stolz. Da wusste er plötzlich, dass es gelogen war. Der Krieg war nicht vorbei. Er tobte immer noch in den Gedanken und damit in den Herzen derer, die ihn überlebt hatten. Maria war vielleicht äußerlich frei, aber ihr Herz war nicht bereit für einen Waffenstillstand. Ohne ein Wort ging er an ihr vorbei. Es wäre verschwendet gewesen. Das wusste er. Doch sie tat ihm leid, und er fühlte, dass sein Mitleid ein Schritt in die richtige Richtung war.

IM STADTRAT

Die Ratsmitglieder standen auf und applaudierten spontan. Obwohl Sophia mit ihrer Rede noch gar nicht fertig war, hatte es alle von den Sitzen gerissen. Das Mädchen mit den glänzenden Locken lächelte schüchtern.

Rahel freute sich für ihre Freundin und war stolz auf sie. Auf ihren Mut und ihren Fleiß. So einen Text vorzubereiten kostete Zeit. Und die Idee, Leopolds Geschichte mit einzubauen, war genial gewesen! Auch Angie schien sehr zufrieden mit ihrer neuen Schülerin zu sein.

„Wir dürfen das Unrecht, das Leopold angetan wurde, nicht verdrängen. Wir müssen uns an diese Schuld erinnern, sie zugeben und sie verurteilen", fuhr Sophia jetzt fort.

Sie sah winzig aus, da vorne an dem Rednerpult. Winzig, aber entschlossen. Laut und deutlich war ihre Stimme zu hören, und sie sah das Publikum aufmerksam an. Jeder Einzelne fühlte sich angesprochen.

„All das können wir durch die Verlegung der Stolpersteine tun. Wir ehren so die Opfer und geben ihnen ihre Namen zurück, die man aus unserer Stadt beseitigen wollte. Wir neigen unsere Köpfe, um sie zu lesen. Wir lesen sie und sprechen sie aus, diese Namen. Auf Hebräisch heißt das übrigens *Yad Vashem,* Denkmal und Name."

„Wow!", flüsterte Silas anerkennend. „Das hat sie gut recherchiert! Yad Vashem ist *die* Gedenkstätte überhaupt für die Judenvernichtung durch Hitler. Ist in Jerusalem ..."

„Ruhe!", zischte Rahel.

Sie wollte kein Wort von Sophia verpassen. Silas hatte nachher noch genug Zeit, mit seinem Wissen zu prahlen.

„Nicht nur Leopolds Leben wurde zerstört. Viele andere Jugendliche wurden in dieser Zeit zu Tätern oder Opfern. Manchmal wurden sie beides. Ihr Leben zerbrach und lag in Trümmern. Ich möchte mich daran erinnern und daraus für meine Zukunft lernen, damit sich so etwas nie wieder wiederholt. Auch nicht in Burgenach. Ich will meine Welt, unsere Welt hier in Burgenach nicht auf Trümmern aufbauen. Denn Trümmer sind ein wackliges Fundament. Wir müssen aufräumen und auf sauberen Boden bauen, um die Zukunft zu sichern. Auch in unserer Stadt!"

Sie machte eine kurze Pause.

„Und deswegen ist es wichtig, auch den ‚Holzweg' wieder in ‚Judengasse' umzubenennen."

Ein Raunen ging durch den Saal. Dieses Thema stand heute eigentlich nicht auf der Tagesordnung. Die Männer und Frauen setzten sich langsam wieder hin.

„Ich verstehe die Angst der Anwohner", gab Sophia zu, als es wieder ruhiger war. „Denn ich lebe mit einer ähnlichen Angst. Meine Hautfarbe fällt hier auf. Ich bekomme manchmal böse Bemerkungen zu hören. Aber wir dürfen uns von der Angst nicht abhalten lassen, das Richtige zu tun. Und das können wir, wenn wir zusammenhalten. Gemeinsam sind wir stark!"

Sophia sah in die Runde und dann dahin, wo Rahel und die anderen aus dem MCG mit ihrer Lehrerin saßen. Angie nickte ihr ermutigend zu.

„Deshalb wird unsere Stolpersteine-AG mithelfen, den Dreck wieder wegzuwischen, sollten die Häuser beschmiert werden. Wir machen den Mund auf, wenn wir Judenhass oder Rassismus in anderer Form begegnen. In unserer Stadt und in unserer Schule, im Verein, im Freundeskreis und in der eigenen Familie. Denn sonst machen wir uns mitschuldig."

Sophia schob ihre Zettel zusammen.

„Ich danke Ihnen für Ihre Aufmerksamkeit", sagte sie und ging zurück auf ihren Platz.

Die erwachsenen Politiker applaudierten noch einmal, diesmal etwas verhaltener.

„Ich wusste gar nicht, dass du so gut reden kannst!", gab Ronny leise zu. „Respekt, Sophia! Ich hätte mich das nicht getraut."

Er sah auf seine Fußspitzen.

„Das wusste ich selber auch nicht. Aber es war mir einfach wichtig, das zu sagen", antwortete Sophia. Jetzt erst merkte sie, wie ihre Hände zitterten. Sie waren eiskalt.

„Glückwunsch, Sophia!", sagte Angie. „Du hattest etwas zu sagen. Deswegen war deine Rede so gut."

Zufrieden lehnte sich Angie zurück. Sie würde Herrn Kocher vorschlagen, dass Sophia die Rede auf dem Dreckweg-Tag noch einmal hielt. Der Direktor wäre bestimmt einverstanden. Leopolds Geschichte machte das Leiden so vieler unbekannter Opfer greifbarer. Sie berührte auf andere Art als anonyme Fakten. Dann verfolgte sie gemeinsam mit ihren Schülern die weitere Debatte. Fast alle Parteien schlossen sich Sophias Meinung an.

Opa schmunzelte, nachdem die Detektei beim Abendessen alles haarklein berichtet hatte. Der Beschluss, schon im nächsten Jahr die Stolpersteine in Burgenach zu verlegen, war einstimmig gefasst worden. Die Umbenennung der Straße würde dagegen weiter diskutiert werden müssen. Bis jetzt war nur eine Partei von der Maßnahme überzeugt.

„Kaum zu glauben, dass ich einmal derselben Meinung wie Herr Tonn sein würde", meinte Opa augenzwinkernd, „Denn eigentlich wähle ich seine Partei nicht. Aber diesmal muss ich ihm wirklich recht geben. Auch die Idee, mit den Pflastersteinen den Umriss der Synagoge nachzuzeichnen, finde ich einfach hervorragend", lobte er.

Herr Tonn hatte vorgeschlagen, das leicht zu übersehende Mahnmal in Zukunft umzugestalten. Es sei eine Schande, dass der ehemalige Standort als Parkplatz genutzt werde, hatte er gesagt. Man könne sehr leicht einige Steine der hellgrau gepflasterten Fläche durch schwarze Steine ersetzen. Sie sollten so den Umriss der ehemaligen Synagoge nachzeichnen. Damit man zumindest wieder wisse, wo sie einmal gestanden habe, wenn auch nur ungefähr. Morgen würde alles ganz genau in der Rheinzeitung stehen. Denn nach der Stadtratssitzung hatte Sophia noch ein Interview geben müssen. Die Reporterin Silke Meier hatte versprochen, den Artikel noch heute fertigzuschreiben.

„Der Artikel kommt definitiv in meine Akte", sagte Rahel.

Sie hielt einen großen Ordner auf dem Schoß, in dem sie mehrere Mappen abgeheftet hatte.

„Du hast eine Akte angelegt? Für Zeitungsartikel?!", fragte Silas ungläubig.

So ordentlich kannte er seine Schwester nicht.

„Ja, für Zeitungsartikel über die Detektei Anton und ... "

„Ü... Über mich?", kicherte Anton dazwischen. „I... Ich seh da gut aus. Gu... Gut seh ich aus", sagte er und versuchte, mit dem Zeigefinger den allerersten Artikel über den Bananenfall aufzublättern. Rahel lächelte gutmütig.

„Ja, du bist auch da drauf, Anton. Aber die Akte habe ich nicht für dich, sondern für jeden unserer Fälle angelegt, und wenn wir ihn gelöst haben, dann hefte ich die jeweilige Mappe ab. Morgen kommt hier der Artikel von Frau Meier rein, und dann bin ich fertig."

„Du hast den Fällen Namen gegeben?", fragte Ronny.

Er las die Aufschrift auf der ersten Mappe.

„Dein Ernst? *Ausgerechnet Bananen?!*"

Rahel wünschte sich plötzlich, dass ihm das gefallen würde. Sonst war ihr die Meinung des großen, schlaksigen Jungen egal.

„Nicht schlecht", meinte Ronny.

„Oh", sagte Rahel überrascht. „Danke."

„Und wie heißt der zweite Fall?", fragte Sophia neugierig, denn schließlich war es um sie oder, besser gesagt, um ihre Entführung gegangen.

Rahel blätterte eine Mappe weiter, obwohl sie den Titel auswendig wusste.

„Die Dame aus Burundi", antwortete sie.

„Cool!", sagte Sophia. „Das bin ich, oder?"

„Ja, klar", schmunzelte Rahel. „Obwohl du ja eigentlich aus Kaiserslautern kommst. Für den letzten Fall habe ich noch keinen Namen. Ihr könnt also Vorschläge machen."

„So viel Ordnung hätte ich dir gar nicht zugetraut", bemerkte Mama. „Womöglich muss ich damit rechnen, dass du plötzlich dein Zimmer putzt?"

Ihre Tochter grinste.

„Kann schon sein. Apropos Zimmer, Mama. Können wir hochgehen? Wir haben schon lange keine Detektei-Sitzung mehr gehabt. Wir müssen uns dringend mal wieder alle zusammen beraten."

„Geht ruhig", erlaubte Mama. „Aber vorher stellt jeder sein Geschirr und Besteck in die Spülmaschine.."

„Wie wäre es mit *Bombenstimmung?"*, fragte Ronny, als die Detektive vollzählig in Silas' Zimmer versammelt waren.

„Schließlich fing alles damit an, dass Anton die Granate gefunden hat."

Rahels Bruder und sein Freund rekelten sich auf dem Bett, das mit einer dicken Tagesdecke zugedeckt war. Rahel saß in Omas Schaukelstuhl und Sophia auf dem Besuchersessel. Onkel Anton nahm wieder mit dem Schreibtischstuhl vorlieb.

„N... Ne Bombe hab ich gefunden", freute er sich.

„Gute Idee", stimmte Rahel zu. „Klingt spannend, obwohl diesmal bei der Detektivarbeit ausnahmsweise keiner von uns in Lebensgefahr war."

„Gott sei Dank!", sagte Silas und klang tatsächlich dankbar. „Das war doch ganz angenehm."

„Na ja", meinte Sophia. „Diese Reise in die Vergangenheit war nur für uns ungefährlich. Tote hat es vor siebzig Jahren leider mehr als genug gegeben. Gut, dass wir heute in einer Demokratie leben."

„Zumindest in unserem Land", schränkte Silas ein.

„Also *Bombenstimmung*", sagte Rahel und malte den Titel mit einem dicken blauen Filzstift auf den Aktendeckel. „Ich finde, das passt."

Dann blätterte sie um und nahm eine vierte, noch leere Mappe aus dem Ordner. Nachdem sie eine Weile auf der Filzstiftkappe herumgekaut hatte, schrieb sie einen neuen Titel auf das Deckblatt.

„W... Was machst du da?", fragte Onkel Anton.

Caruso, der zu seinen Füßen lag, hob aufmerksam den Kopf, denn die Stimme seines Herrchens klang misstrauisch. Silas war aufgestanden und sah seiner Schwester beim Schreiben über die Schulter. Er runzelte die Stirn.

„Was soll das denn?", fragte er.

„Der Fall Werner", stand in provozierend großen Druckbuchstaben auf dem Aktendeckel.

Rahel klappte den Ordner schnell wieder zu.

„Es gibt da etwas, was ich euch über Werner erzählen muss“, meinte sie. „Mit dem stimmt nämlich etwas nicht.“

„Was soll denn mit Werner nicht stimmen? Der ist Pastor?!“, empörte sich Silas. Er mochte Opas Freund.

„Pa... Pastor is der!“, wiederholte Anton.

„Reicht das nicht schon, um verdächtig zu sein?“, witzelte Ronny.

Rahel lachte nicht.

„Ich glaube ... “, sagte sie ernst. „Ich glaube, er verheimlicht uns etwas!“

„Du meinst, euer Pastor hat ein dunkles Geheimnis?“, fragte Ronny mit Gruselstimme.

Es klang immer noch, als halte er das Ganze für einen Scherz. Doch Rahel nickte. *So dunkel wie sein Tattoo*, dachte sie.

„Er ist nicht der, für den wir ihn halten“, behauptete sie.

„So ein Quatsch!“, sagte Silas überzeugt.

Rahel wollte schon aufbrausen, da fiel ihr ihr guter Vorsatz ein, und sie unterdrückte eine böse Bemerkung.

„Warte nur ab, bis du gehört hast, was ich zu berichten habe“, meinte sie geheimnisvoll. „Du wirst es nicht glauben!“

NACHWORT

Liebe Mädchen und Jungen,

ich habe gezögert, so ein ernstes Thema wie den Zweiten Weltkrieg in ein Buch einzubauen, das ab elf Jahren empfohlen wird. Nicht, weil ich euch für zu jung halte, um über die tödlichen Gefahren und Konsequenzen einer menschenverachtenden Irrlehre nachzudenken, sondern weil es unmöglich ist, dem Schrecken des Nationalsozialismus auf so wenigen bedruckten Seiten gerecht zu werden. Wahrscheinlich reichen selbst alle Erwachsenenbücher der Welt nicht aus, die Not und das Elend der Millionen Opfer oder die Schuld der Täter und Täterinnen annähernd zu beschreiben.

Aber – und wegen dieses kleinen Wörtchens habe ich es schließlich doch gewagt – aber trotzdem ist es wichtig, sich zu erinnern und die jetzt lebenden Menschen aufzuklären über das, was damals geschah. Denn eure Entscheidungen heute gestalten die Zukunft von morgen. Deshalb müssen alle Jungen und Mädchen über das Gestern ausreichend Bescheid wissen, damit sie gewarnt sind!

Der dritte Band der Detektei Anton Reihe „Bombenstimmung“ ist mein kleiner Beitrag dazu, dass wir aus der

Geschichte lernen können. Auch hier in Sinzig, der Stadt, in der ich seit vielen Jahren lebe, gab es jahrhundertelang eine jüdische Gemeinde. Heute kenne ich persönlich nur noch eine einzige Familie, und das hat einen Grund.

Als ich anfing, für dieses Buch zu recherchieren, wusste ich erschreckend wenig über die Vergangenheit meiner Wahlheimatstadt, das muss ich beschämt zugeben. Aber ich habe mich auf die Suche gemacht, und das meiste, was ihr hier über Burgenach gelesen habt, sind Tatsachen, die auf meine schöne Stadt zutreffen. Ein paar Kleinigkeiten habe ich mit meiner Fantasie ergänzt. Viel musste ich mir allerdings nicht ausdenken. Leider.

Die Gedenkstätte für die verstorbenen Kriegsgefangenen der Amerikaner kann ich in zehn Minuten zu Fuß erreichen. Über tausend Namen finden sich dort auf kleinen rechteckigen Tafeln im Boden; soweit mir bekannt ist, sind es ausschließlich männliche. Eine Martha Breuer befindet sich jedenfalls nicht darunter. Die Rheinwiesen, auf denen die deutschen Gefangenen in den provisorischen Lagern starben, sind ungefähr vier Kilometer entfernt. Man nennt die Gegend immer noch die Goldene Meile, und auch die Kapelle der schwarzen Madonna gibt es wirklich. Die berühmte Eisenbahnbrücke von Remagen ist bis heute nicht wieder aufgebaut, aber es existiert ein Friedensmuseum in einem der alten Brückenköpfe, die vom Krieg übrig geblieben sind.

Die schöne Stadt Sinzig hatte tatsächlich eine Synagoge, deren Grundriss zumindest zum Teil von einem Parkplatz überbaut ist, und was auf dem Gedenkstein in der Rheinstraße in Burgenach steht, habe ich wortwörtlich von unserem in Sinzig abgeschrieben. Zurzeit ist die Gedenkstätte noch schlecht zu finden, aber es ist bereits beschlossen, dass sie umgestaltet wird. Darauf freue ich mich.

Allerdings diskutieren auch die hiesigen Kommunalpolitiker immer noch über die Rückbenennung der Gudestraße in Judengasse. Man hat sogar ein Gutachten in Auftrag gegeben, um die historischen Tatsachen genau in Erfahrung zu bringen.

Die dreiundzwanzig Stolpersteine zur Erinnerung an die deportierten und ermordeten Sinziger Juden sollen Anfang Mai 2022 verlegt werden, und ich habe unserem Bürgermeister angeboten, etwas aus dem dritten Band der Detektei Anton vorzulesen. In einen der Steine ist auch tatsächlich der Name Leopold Salomon hineingraviert. Allerdings war Herr Salomon fast fünfzig Jahre älter als der Leopold in diesem Buch. Aber es gab drei andere männliche Opfer aus Sinzig, die erst elf, fünfzehn und sechzehn Jahre alt waren und damit noch jünger als Martha, Maria, Kurt und sein jüdischer Freund.

Unser städtisches Gymnasium hat tatsächlich gleich mehrere engagierte Geschichtslehrer und Lehrerinnen. Eine von ihnen hat mit ihren Schülern die entscheidende Stadtratssitzung besucht, in der anschließend die Verlegung der Stolpersteine einstimmig beschlossen wurde. Die Schülerin, die dort eine beeindruckende Rede gehalten hat, ist immer noch meine Nachbarin, aber sie heißt nicht Sophia. Es beweist, dass man in einer Demokratie viel bewirken kann, wie Frau Kragenbeck betont hätte.

Ein herzliches Dankeschön geht an Herrn Ofenstein vom Kampfmittelräumdienst in Koblenz und seine Kollegen, die bis heute gefährliche Überreste des letzten Krieges beseitigen müssen und sich trotzdem Zeit für meine Fragen genommen haben!

Ich könnte jetzt zum Schluss sagen: „Wehret den Anfängen!“ oder „Nie wieder!“, diese Aussprüche werden oft zitiert, wenn es um unsere nationalsozialistische Vergangenheit geht. Aber ich denke, die Anfänge sind längst da.

Leider musste ich mir zum Beispiel nicht ausdenken, dass „Jude“ heute noch als Schimpfwort benutzt wird, nicht nur von jugendlichen Neonazis wie Lasse. Es ist auch noch nicht lange her, dass ich den Begriff „Judennase“ gehört habe. Und ich fürchte, die Herzen der Menschen sind immer noch zum Faschismus fähig. Wir sind heute nicht besser und fallen auch nur zu gern auf Lügen herein, wenn sie uns schmeicheln, Vorteile bringen oder einfache Lösungen anbieten.

Deshalb sage ich lieber: „Vergesst es nicht! Erinnert euch! Seid wachsam und steht für die Schwachen ein!“

Darum habe ich für den Aufbau meiner Geschichte bewusst eine Rahmenhandlung aus den 40er-Jahren des 20. Jahrhunderts gewählt. Ich habe damit dem Leid ein Gesicht geben wollen, ja, sogar mehrere Gesichter und Namen. Auch wenn Leopold, Kurt, Maria und Martha fiktive, also ausgedachte, Charaktere sind, gab es viele Jugendliche, die so waren wie sie. Wenn wir in diesem Buch nur kurz mit ihnen Geschichte erleben und erleiden, hilft uns das vielleicht mitzufühlen. Unser Mitgefühl, die emotionale Erinnerung, das ist ein Schlüssel zum Verständnis. Deshalb möchte ich euch auch Mut machen, euch selbst auf die Suche zu begeben. Erforscht die Vergangenheit eurer Stadt, eurer Straße, vielleicht sogar eurer eigenen Familie! Das alles ist gar nicht so lange her oder so weit weg, wie ihr vielleicht denkt. Es hat immer noch mit uns zu tun und mit unserem Gott. Denn auch Jesus war Jude. Das Volk Israel war und ist ein kleines Volk, aber es ist Gottes Volk.

Eure Petra Schwarzkopf

GLOSSAR

Antisemitismus
Nach der Bibel stammen die Israeliten von Sem ab, einem Sohn Noahs.

Deshalb bezeichnet man sie auch als Semiten. Antisemitismus ist eine ablehnende Haltung oder sogar Hass, der sich ausschließlich gegen Juden richtet, obwohl auch andere Völker (wie z. B. die Araber) von Sem abstammen. Genauer wäre also das Wort: Judenfeindlichkeit oder Judenhass.

Arier
Im nationalsozialistischen Sprachgebrauch bezeichnete dieser Begriff Angehörige einer angeblich überlegenen nordischen Menschengruppe.

Auschwitz
Ist der deutsche Name der polnischen Stadt Oświęcim (Aussprache: Oschwiemtschim). Dort befand sich das größte Vernichtungslager der Nazi-Diktatur. 1,1 bis 1,5 Millionen Menschen wurden hier grausam ermordet. Am 27. Januar 1945 wurde das Lager von der Armee Russlands befreit. In Deutschland ist dieser Tag seit 1996 ein Gedenktag.

Deportation
Von Lateinisch *deportare* = forttragen, -bringen. Im Zusammenhang mit dem Nationalsozialismus ist damit die Verschleppung von Menschen jüdischen Glaubens, von politischen Gegnern und Angehörigen weiterer verfolgter Gruppen in die Konzentrations- und Vernichtungslager der NS-Diktatur gemeint.

Edelweißpiraten
Einige hundert bis tausend Jugendliche, die Hitler nicht unterstützen wollten und deshalb nicht in die Hitlerjugend eintraten. Sie bildeten ihre eigenen Jugendgruppen, zum Beispiel in Köln, Düsseldorf oder Leipzig, und trugen Wanderkleidung anstelle einer Uniform. Im Gegensatz zur Hitlerjugend hatten Mädchen und Jungen gemeinsame Gruppen.

Faschismus
Politische Idee, nach der der Stärkere das Recht hat, den Schwächeren zu beherrschen, auch mit Gewalt. Ein Faschist bekämpft die Demokratie. Hitler war Faschist, und in Deutschland hieß der Faschismus Nationalsozialismus.

Fluchtsteuer
Große Geldsumme, die Juden bezahlen mussten, um gültige Ausreisepapiere zu bekommen und Deutschland verlassen zu können. Oft waren sie gezwungen, ihr gesamtes Vermögen herzugeben, um ihr Leben retten zu können. Der richtige Ausdruck wäre Fluchtsteuer-Betrug.

Hitler, Adolf
Vorsitzender der NSDAP (Nationalsozialistischen Deutschen Arbeiterpartei) und von 1933 bis 1945 Diktator des Deutschen Reiches. Verantwortlich für den Tod von vielen

Millionen Menschen und für unfassbares Leid. Als er begriff, dass er und seine Anhänger den Zweiten Weltkrieg verlieren würden, beging er Selbstmord.

Hitlerjugend (HJ)
Jugendverband der NSDAP und benannt nach Adolf Hitlers Nachnamen. Fast alle Jungen und Mädchen in Deutschland waren Mitglieder in einer der drei Untergruppen: Jungvolk (JV), Bund deutscher Mädel (BDM) oder HJ. Zwei Tage pro Woche musste jedes Kind oder jeder Jugendliche dort „Dienst" tun. Alle anderen Jugendgruppen wurden verboten.

Ideologie
Idee, Ansicht, Meinung oder Bild, das ich von der Welt habe. Mit dieser Idee im Kopf schaue ich die Welt und die menschliche Gesellschaft an. Deswegen sagt man zu Ideologie auch Weltanschauung. Doch im Gegensatz zu „Weltanschauung" wird der Begriff Ideologie eher negativ gebraucht.

Machtergreifung
Der Begriff beschreibt die schrittweise Übertragung und Übernahme der totalen Regierungsmacht auf und durch Hitlers Partei (NSDAP) seit Januar 1933. Der Prozess erstreckte sich über einen längeren Zeitraum von etwa eineinhalb Jahren, der mit der Ernennung Hitlers zum Reichskanzler begann.

Nazi
Abkürzung für Nationalsozialist

Neonazi
Jemand, der heute noch die Ideen der Nationalsozialisten gut findet und vertritt.

NSDAP
Abkürzung für Nationalsozialistische Deutsche Arbeiterpartei, die 1920 in München gegründet und 1945 aufgelöst wurde. Ab 1933 waren alle anderen Parteien in Deutschland verboten. Die NSDAP steht für radikalen Antisemitismus, Rassismus und Nationalismus sowie für die Ablehnung von Demokratie und Mehrparteiensystem. Unter ihrem Parteivorsitzenden Adolf Hitler richtete sie in Deutschland die Schreckensherrschaft der Nationalsozialisten auf.

Pogrom
Gewalttätige Ausschreitungen gegen Minderheiten nennt man Pogrome.

Propaganda
Bewusster Versuch, Menschen in ihrer Meinungsbildung zu beeinflussen und ihre Überzeugung und ihr Verhalten in eine bestimmte Richtung zu lenken. Am leichtesten gelingt das mit falschen oder nicht ganz richtigen Informationen. Grundsätzlich lassen sich alle Medien für Propaganda missbrauchen. Je größer die Reichweite des Mediums, desto gefährlicher die Fake News.

Schabbes/Sabbat
Schabbes ist das jiddische bzw. jüdische Wort für Sabbat. Sabbat ist Hebräisch und bedeutet „Ruhetag“ oder „Ruhepause“. Nach dem dritten der zehn Gebote ist an diesem Tag alle Arbeit verboten, damit man sich Zeit für Gott und sein Wort nehmen kann. Der Sabbat ist der siebte Wochentag und entspricht unserem Samstag. Er beginnt am Freitagabend bei Sonnenuntergang.

Schlageter
Albert Leo Schlageter war Mitglied der NSDAP-Tarnorganisation Großdeutsche Arbeiterpartei. Er wurde wegen Spionage und mehrerer Sprengstoffattentate 1923 in Frankreich zum Tode verurteilt. Die Nationalsozialisten hielten ihn für einen Märtyrer.

Schoah
Korrekte Bezeichnung für die Massenvernichtung der Juden in Deutschland und Europa zur Zeit der nationalsozialistischen Gewaltherrschaft. Die Juden und Israelis verwenden dieses Wort seit 1948. Es heißt auf Deutsch: Katastrophe oder großes Unglück.

Weiße Rose
Studentengruppe rund um die Geschwister Hans und Sophie Scholl. Viele Mitglieder waren entschiedene Christen, die gegen das Nazi-Regime Widerstand geleistet haben. Vor allem die Verfolgung und Vernichtung der Juden und das Kriegsgeschehen bestärkten sie in ihrer Haltung gegen Hitler.

Widerstand
Oberbegriff für alle Gruppen, die die NSDAP nicht gut fanden und unter Lebensgefahr versuchten, die Pläne Adolf Hitlers und seiner Anhänger zu durchkreuzen.

So begann das Abenteuer:

Detektei Anton – Ausgerechnet Bananen
Band 1
Gb., 208 S., 13,5 x 20,5 cm
Best.-Nr. 271 720
ISBN 978-3-86353-720-3

Die 13-jährige Rahel ist unfreiwillig in das verschlafene Eifeldorf Brehl gezogen. Doch ihre chronische Langeweile endet schlagartig, als Einbrecher und Drogenhändler im Ort auftauchen. Sie setzt alles daran, die Verbrechen aufzuklären, die auch vor ihrer Schule nicht Halt machen. Schon bald kann ihr großer Bruder Silas sie nicht mehr beschützen, denn auch er selbst gerät in höchste Gefahr! Gut, dass wenigstens der speziell begabte Onkel Anton und sein Hund Caruso den Durchblick behalten …

Detektei Anton –
Die Dame aus Burundi
Band 2
Gb., 192 S., 13,5 x 20,5 cm
Best.-Nr. 271 764
ISBN 978-3-86353-764-7

Die Detektei erhält ihren ersten offiziellen Auftrag von Rechtsanwalt Paul Schmickler. Doch die mühsame Recherche verläuft im Sande. Der gesuchte Unfallwagen scheint wie vom Erdboden verschluckt zu sein. Immerhin bekommt das Matthias-Claudius-Gymnasium einen äußerst fitten Sportlehrer und Rahel mit Estelle Couderc eine interessante neue Klassenkameradin. Aber wer ist wirklich, was er vorgibt zu sein? Die Detektive bleiben misstrauisch. Was will „die Dame aus Burundi" in Burgenach, und wer bedroht sie? Ronny, Silas und Onkel Anton finden das entscheidende Puzzleteil erst in letzter Sekunde …

Mach schon mal Platz in deinem Bücherregal:
Band 4 erhältlich ab Oktober 2022!

Pssst!
Das Cover ist noch geheim ...

Detektei Anton –
Der Fall Werner
Band 4
Gb., ca. 208 S., 13,5 x 20,5 cm
Best.-Nr. 271 7965
ISBN 978-3-86353-796-8

Endlich Ferien! Die Detektei hat genug Zeit, sich mit dem Geheimnis zu beschäftigen, das Pastor Werner Schrober verbirgt. Dafür ermitteln die Kinder in Hamburg, denn Rahel und Ronny vermuten eine Verbindung zwischen dem Pastor und einer gefährlichen Bande, der in der Hansestadt der Prozess gemacht wird. Ihr Onkel ist sich sicher, den Kronzeugen schon irgendwo gesehen zu haben, doch nicht einmal Opa Peter glaubt ihm. Lässt Anton sein fotografisches Personengedächtnis im Stich, und was hat Werner mit dem organisierten Verbrechen zu tun?